कुल्ली भाट

कुल्ली भाट

सूर्यकान्त त्रिपाठी 'निराला'

राजकमल प्रकाशन

ISBN : 978-81-267-1370-7

मूल्य : ₹ 695

पहला संस्करण : 1939
राजकमल से पहली बार : 1978
सातवाँ संस्करण : 2024

प्रकाशक : राजकमल प्रकाशन प्रा.लि.
1-बी, नेताजी सुभाष मार्ग, दरियागंज
नई दिल्ली-110 002
शाखाएँ : अशोक राजपथ, साइंस कॉलेज के सामने, पटना-800 006
पहली मंजिल, दरबारी बिल्डिंग, महात्मा गांधी मार्ग, प्रयागराज-211 001
1, अनमोल सोराबजी संतुक लेन, धोबी तलाव, मरीन लाइंस, मुम्बई-400 002
वेबसाइट : www.rajkamalprakashan.com
ई-मेल : info@rajkamalprakashan.com

मुद्रक : बी.के. ऑफसेट
नवीन शाहदरा, दिल्ली-110 032

KULLI BHAT
Novel by Suryakant Tripathi 'Nirala'

क्रम

उपन्यास

कहानियाँ

इस पुस्तिका के समर्पण के योग्य कोई व्यक्ति हिन्दी साहित्य में नहीं मिला; यद्यपि कुल्ली के गुण बहुतों में हैं, पर गुण के प्रकाश में सब घबराए। इसलिए समर्पण स्थगित रखता हूँ।

–'निराला'

भूमिका

पं. पथवारीदीनजी भट्ट (कुल्ली भाट) मेरे मित्र थे। उनका परिचय इस पुस्तिका में है। उनके परिचय के साथ मेरा अपना चरित भी आया है, और कदाचित् अधिक विस्तार पा गया है। रूढ़िवादियों के लिए यह दोष है, पर साहित्यिकों के लिए, विशेषता मिलने पर, गुण होगा। मैं केवल गुण-ग्राहकों का भक्त हूँ।

कुल्ली सबसे पहले मनुष्य थे—ऐसे मनुष्य, जिनका मनुष्य की दृष्टि में बराबर आदर रहेगा। सरस्वती-सम्पादक पं. देवीदत्तजी शुक्ल ने, पूछने पर कहा—कुल्ली मेरे बड़े भाई के मित्र थे। अस्तु, जहाँ शुक्लजी की मित्रता का उल्लेख है, वहाँ पाठक समझने की कृपा करें कि कुल्ली शुक्लजी के मित्र नहीं, बड़े भाई-जैसे थे।

पुस्तिका में हास्य-रस की प्रधानता है, इसलिए कोई नाराज होकर अपनी कमजोरी न साबित करें, उनसे प्रार्थना है।

—'निराला'

लखनऊ
10.5.39

एक

बहुत दिनों की इच्छा—एक जीवन-चरित लिखूँ, अभी तक पूरी नहीं हुई; चरितनायक नहीं मिल रहा था, ठीक जिसके चरित में नायकत्व प्रधान हो। बहुत आगे-पीछे, दाएँ-बाएँ देखा। कितने जीवन-चरित पढ़े, सबमें जीवन से चरित ज्यादा; भारत के कई महापुरुषों के पढ़े—स्वहस्तलिखित; भारत पराधीन है, चरित बोलते हैं। बहुत दिनों की समझ—सत्य कमजोरी है, शहजोरी उसकी प्रतिक्रिया; अगर चरित में अँधेरा छिपा, प्रकाश आँखों में चकाचौंध पैदा करता है, जो किसी तरह भी देखना नहीं—जड़ पकड़ गई।

याद आया, कहीं पढ़ा था—बम्बई के सिनेमा-स्टारों की सर्र से दीवार चढ़ने की करामात देखकर—रँगे कृत्य में आए—सत्य से अज्ञ—बाहर के किसी प्रेमी कार्यकर्ता ने कमर तोड़ ली है। बड़ी खुशी हुई। साफ देखा—कलम हाथ लेते ही कितने कवियों की आँख की परी विश्व-साहित्य के सातवें आसमान पर पर मारती है, कितने कर्मवीर दलिया खाते हुए, कमर कमान किए, जान पर

खेल रहे हैं, कितने आधुनिक बेधड़क समाजवाद के नाम से पूरे उत्तानपाद।

इसी समय तुलसीदास की याद आई, जिन्होंने लिखा है :

'जो अपने अवगुन सब कहऊँ, बाढ़ै कथा, पार ना लहऊँ;
ताते मैं अति अलप बखाने, थोरे महँ जानिहैं सयाने।'

सोचा, तुलसीदास ने सिर्फ सयानों की आँख फैलाई है, यानी महापुरुषों की नहीं। वह स्वयं भी महापुरुष नहीं थे, आधुनिक विद्वानों का मत है। कहते हैं, जवानों के श्रीगणेश से, यानी अच्छी तरह होश आने से, उम्र के सौ साल बाद—अच्छी तरह होश जाने तक उनमें पुरुषत्व ही प्रधान रहा।

मुझसे कवि भगवतीचरण कहते थे—कविवर रामनरेश त्रिपाठी जानते हैं, बहुत आधुनिक रिसर्च है—तुलसीदासजी गर्मी से मरे थे; यह पता नहीं चला—गर्मी रत्नावली से मिली—कहाँ से; बाहुक की रचना के वक्त बाँह का दर्द गर्मी के कारण हुआ। कुछ हो, मैं ऐतिहासिक नहीं, समझा कि तुलसीदासजी पुरुष थे, महापुरुष नहीं; महापुरुष अकबर था—दीन-ए-इलाही चलाया, हर कौम की बेटी ब्याही, चेले बनाए।

अपने राम के लकड़दादा के लकड़दादा के लकड़दादा राजा वीरबल त्रिपाठी अकबर के चेले थे; अपनी बेटी खाले के वाजपेयियों के घर ब्याही; तब से वाजपेयी-वंश में भी महापुरुषत्व का असर है, यों ट्रिपल लकड़दादा का प्रभाव कुल कनवजिया कुलीनों पर पड़ा। खैर, 'महापुरुष' 'पुरुष' का बढ़ा हुआ रँगा हिस्सा लेकर है, उसी तरह उसके 'चरित' में एक 'सत्' और जुड़ गया है। साहित्यिक की निगाह में यह साबुन का उपयोगितावाद है; अर्थात् सिर्फ साफ होता है, वह भी कपड़ा; रास्ता, घर या दिमाग नहीं। अगर 'वाद' लें, जैसे समाजवाद पैर बढ़ाए है, तो वह भी अकेला साहित्य नहीं ठहरता। साहित्य पुरुष का एक रोयाँ सिद्ध होता है।

मैं तलाश में था कि ऐसा जीवन मिले, जिससे पाठक चरितार्थ हों, इसी समय कुल्ली भाट मरे।

दो

जीवन-चरित जैसे आदमियों के बने और बिगड़े, कुल्ली भाट ऐसे आदमी न थे। उनके जीवन का महत्त्व समझे, ऐसा अब तक एक ही पुरुष संसार में आया है, पर दुर्भाग्य से अब वह संसार में रहा नहीं—गोर्की। पर गोर्की में भी एक कमजोरी थी; वह जीवन की मुद्रा को जितना देखता था, खास जीवन को नहीं। वादी-विवादी था। हिन्दी में कोई है हिन्दीभाषी ? किसी महापुरुष की जबान में कहा जा सकता है—'नहीं'।

मैं हिन्दी के पाठकों को भरसक चरितार्थ करूँगा, पर कुल्ली भाट के भूगोल में केवल जिला रायबरेली था स्थल, बाकी जल। एक बार लाचारी उम्र अयोध्या तक गए, जैसे किसी टापू में यान, रेल। यों जिन्दगी-भर अपने वतन डलमऊ में रहे। लेकिन जिन्दगी के बाद—जितने जानता हूँ, नाममात्र से लेकर पूरे परिचय तक—उनसे नहीं छूटे। गड़ही के किनारे कबीर को महासागर कैसे दिखा, मैं समझा।

बड़ा आदमी कुल्ली को कोई नहीं मिला, जिसे मित्र

समझकर गर्दन उठाते, एक 'सरस्वती'-सम्पादक पं. देवीदत्त शुक्ल को छोड़कर; लेकिन शुक्लजी का बड़प्पन जब उन्हें मालूम हुआ, तब मरने के छः महीने रह गए थे, मुझी से सुना था।

सुनकर गर्दन उठाई थी, साँस भरी थी, और कहा था, "वह मेरे लँगोटिया यार हैं। हम मदरसे में साथ पढ़े हैं।"

मुझे हँसता देख फिर छोटे पड़े, पूछा, "देवीदत्त बड़े आदमी हैं ?"

मैंने कहा, "आपको मदरसे की याद आ रही है। जिस पत्रिका के आचार्य पं. महावीरप्रसादजी द्विवेदी सम्पादक थे, उसके अब शुक्लजी हैं।"

न जाने क्यों, कुल्ली को फिर भी विश्वास न हुआ। मैं सोच रहा था, या तो कुल्ली मदरसे में शुक्लजी से तगड़े पड़ते थे; या—याद आया, शुक्लजी को बैंसवाड़े के कवि कण्ठाग्र हैं कुल्ली की दोस्ती के कारण। कुल्ली गुरु-स्थान पर हैं। मुझे भी उन्होंने कुली (एक दाँव) पर चढ़ाया था, नरहरि, हरिनाथ, ठाकुर, भुवन आदि—मालूम नहीं—कितने कवि गिनाए थे अपने वंश के। मुमकिन है, इसलिए भी कि 'धाक' जमाने में मुझे कामयाबी न होगी, यह मैं बीस साल से जानता हूँ। अलावा मेरी दृष्टि का अप्रतिष्ठा-दोष कर दें। पर कुल्ली को मालूम न था कि मैं कविता तो लिखता हूँ, पर कवि दूसरे को मानता हूँ। कुल्ली की शुक्लजी के प्रति हुई मनोदशा देखकर मैंने कहा, "जब आप मुझे इतना...तब शुक्लजी तो...मैं तो उनके चरणों तक ही पहुँचता हूँ।"

सुनकर कुल्ली बहुत खुश हुए, जैसे स्वयं शुक्लजी हों, बड़प्पन आ गया, स्नेह की दृष्टि से देखते हुए बोले, "हाँ, करते की विद्या है, जब आप गौने के साल आए थे, क्या थे ?" कहकर कुछ झेंपे। झेंपने के साथ उनके मनोभाव कुल हाल बेतार के तार से मुझे समझा गए। पच्चीस साल पहले की घटना, जो उस समय समझ में न आई थी, पल-मात्र में आ गई। सारे चित्र घूम गए, और उनका रहस्य समझा। वही कुल्ली से पहली मुलाकात है, वहीं से श्रीगणेश करता हूँ।

तीन

मैंने सोलहवाँ साल पार किया, पूरा जीवन जी.पी. श्रीवास्तव के कथनानुसार। जी.पी. श्रीवास्तव ही नहीं, जितने गाँव-घर-टोला-पड़ोस के थे, यही कहते थे।

याद है, एक दिन पं. रामगुलाम ने पिताजी से कहा था, "लड़के का कण्ठ फूट आया, बगलें निकल आईं, मसें भीगने लगीं, अब बबुआ नहीं है, गौना कर दो। हो भी तो हाथी गया है, लड़ता है, सुनते हैं।"

"हाँ," कहकर पिताजी चिन्ता-मग्न हो गए थे।

इसी तरह, जब गौना लेने गए, श्रीमतीजी तेरहवाँ पार कर चुकी थीं–कुछ दिन हुए थे, उनकी किसी नानी ने कहा था उनकी अम्मा से–मैं वहीं था–हम दोनों की गाँठ जोड़कर कौन एक पूजा की जा रही थी–मदनदेव की अवश्य नहीं थी। उन्होंने कहा था, "दामाद जवान, बिटिया जवान; परदेश ले जाते हैं, तो ले जाने दो।"

गौना हुआ। बड़ी बिपत। गाँव में प्लेग। लोग बागों में पड़े।

हमारा एक बाग गाँव के करीब है। प्लेग का अड्डा होता है—लोग वहाँ झोंपड़े डालते हैं। हम लोग बंगाल से आए, उसी दिन लोग निकलने लगे। आखिर एक महुए के नीचे दो झोंपड़े डलवाकर पिताजी मुझे और कुछ भैयाचार-नातेदारों को लेकर गौना लेने चले।

जेठ के दिन। इससे पहले यू.पी. की लू नहीं खाई थी। खैर, गौना हुआ, और एक झोंपड़े में एक रात हम लोग कैद किए गए। जो बातें नहीं सोची थीं, श्रीमतीजी के स्पर्श-मात्र से वे मस्तिष्क में आने लगीं। प्रौढ़ता के अन्त तक उनसे अधिक प्रौढ़ बातें नहीं आतीं, मैं नवयुवकों को विश्वास दिलाता हूँ। खैर, हम पूरे जवान हैं, हम दोनों समझे।

पाँचवें दिन ससुरजी विदा कराने आए। ससुरजी इसलिए भी आए कि गाँव का पानी नहीं पिएँगे, शाम तक बिदा करा ले जाएँगे। पिताजी को बहुत बुरा लगा। वह बंगाल से उतना रुपया खर्च करके आए थे। पाँच दिन के लिए नहीं। ससुरजी सुबह की गाड़ी से आए थे। मैं रात का जगा, सो रहा था। बातचीत नहीं सुनी; बाद को गाँव के एक भैया से सुनी। मेरी जब आँख खुली, तब ससुरजी अपनी लड़की को विदा कराके ले गए थे। सुना, प्लेग के भय से वह लड़की को बिदा कराने आए थे।

पिताजी ने इस पर बहुत फटकारा, कहा, ''यह भय हमारे लड़के के लिए आपको नहीं हुआ ? अगर ऐसे आपके मनोभाव हैं, तो हम दूसरा विवाह कर लेंगे।''

पिताजी के तर्कपूर्ण कथन का, मुमकिन ससुरजी पर प्रभाव पड़ता, लेकिन ससुरजी थे बहरे। वह अपनी कहते थे, और देख रहे थे कि बिदाई की तैयारी हो रही है या नहीं। उधर ससुरजी की पुत्री अपने पिता और ससुर के कथोपकथन को एकनिष्ठ होकर सुन रही थी। पिताजी पुत्र की दूसरी शादी कर लेंगे, प्रभाव अनुमेय है। झल्लाहट में पिताजी ने बिदा कर दिया, और स्टेशन पहुँचा देने को बहल बुला दी।

दूसरे दिन नाई आया सासुजी की लम्बी चिट्ठी लेकर। 'क्षमा' शब्द का अतिशय प्रयोग। ससुरजी कम सुनते हैं, आज्ञा-पालन में त्रुटि हुई। बुलाया। 'गवहीं' पहले नहीं ली, अब

ले लें। बड़ी दीनता ! यह भी लिखा था, 'मेरी दो दाँत की लड़की, उसके सामने दूसरे विवाह की बात !'

पिताजी पिघले, मुझसे बोले, "ससुरार जाव, लेकिन यहाँ से तिगुना खाना।"

मैंने कहा, "घी और बादाम तिगुने करा लूँगा। बेदाना तो वहाँ मिलते नहीं, अन्यथा शरबत में तीन रुपए लग जाते रोज।"

पिताजी ने कहा, "रूह...रूह की मालिश करना रोज, होश दुरुस्त हो जाएँगे !"

शाम चार बजेवाली गाड़ी से चलने की तैयारी हो गई। दुपहर ढलते नौकर बिस्तर-बॉक्स लेकर भेज दिया गया। मैं पिताजी के उपदेश धारण कर ढाई बजे के करीब रवाना हुआ। ठाठ बंगाली; धोती, शर्ट, जूता, छाता। आँख में भी बंगाल का पानी, बाकी देश जंगल या रेगिस्तान दिखते थे।

बंगालियों की तरह मैं भी मानता था, आर्य बंगाल पहुँचकर सही मानी में सभ्य हुए, विशेषतः अँगरेजों के आने के बाद से। महुए की छाँह और तर किए झोंपड़े के अन्दर यू.पी. की गर्मी का हिसाब न लगता था। बाहर खाई पार करते ही लू का ऐसा झोंका आया कि एक साथ कुण्डलिनी जैसे जग गई, जैसे वर पुत्र पर पड़ी सरस्वती की कृपा-दृष्टि की तारीफ में रवि बाबू ने लिखा है :

'एके बारे सकल पर्दे घुचिए दाओ तारे।'

(एक साथ ही उसके कुल पर्दे हटा देती हो।)

यह प्रकाश दिखा कि मोह दूर हो गया। लेकिन व्यक्ति-भेद है; रविबाबू को आराम-कुर्सी पर दिखा, हजरत मूसा को पहाड़ पर, मुझे गलियारे में। लू विरोध करती हुई कह रही थी, 'अब ज्ञान हो गया है, घर लौट जाओ।'

फिर भी पैर पीछे नहीं पड़े; बंगाल की वीरता और प्रेमासक्ति बैक कर रही थी। पैर उठाकर सामने रखते ही, लीक के खड्ढ में डेढ़ हाथ खा ले गया, और मैं 'गुड़ीगुड़न्ता' के डण्डे की तरह गुड़ा; लेकिन स्पोर्ट्समैन था, झड़बेर की झाड़ी तक पहुँचते-पहुँचते अड़ गया। देह गर्दबर्द हो गई। मुँह में क्रीम लग गया था, घाव पर जैसे आयडोफार्म पड़ा।

लेकिन धन्यवाद है सूरदास को, मुझे लज्जित होने से बचा

लिया। कलकत्ते से 'बिल्वमंगल' नाटक देखकर आया था–दूसरी जीवनियाँ भी पढ़ी थीं, लाश पकड़कर नदी पार करने और साँप की पूँछ पकड़कर मंजिल बढ़ने के मुकाबले यह अति तुच्छ था, फिर वहाँ वेश्या, यहाँ धर्मपत्नी। आगे बढ़ा। एक झोंका और आया। मालूम हुआ, इस देश में धूप से हवा में गर्मी ज्यादा है। फिर भी हवा के प्रतिकूल चलना ही होगा। कालिदास को पढ़ रहा था, याद आया–'अजयदेकरथेन स मोदिनीम'; कड़ाई से पैर आगे बढ़ाया, ठकाका जूते ने काँकर से धोके से ठोकर ली, और मुँह फैला दिया। सोचा, बॉक्स में एक जोड़ा और है नया। तसल्ली हुई, फिर आगे बढ़ा। एक झोंका और आया। अबके छाता उलटकर दूसरी तरफ तना। हवा के रुख पर करके, सुधारकर तोड़ लिया।

आगे लोन नदी आई, जो आठ महीने सूखी रहती है, और जिसके किनारे संसार के आधे बेर-बबूल हैं; शायद इसी कारण इस प्रान्त का नाम कभी बनौधा था–'बारह कुँवर बनौधे केर।' स्वतन्त्रता-प्रेम भी अधिक था; क्योंकि छोटी-सी जगह में बारह कुँवर थे। धोती कोंछेदार बंगाली पहनी थी। एक जगह उड़ी, और बेर की बाँहों से आलिंगन किया, न अब छोड़े, न तब–'गुलों से खार बेहतर हैं, जो दामन थाम लेते हैं' याद तो आया, पर बड़ा गुस्सा लगा। सैकड़ों काँटे चुभे हुए। धोती छप्पनछुरी हो रही थी। छुड़ाते नहीं बनता था। देर हो रही थी। आखिर मुट्ठी से कोंछे को पकड़कर खींचा। धोती में सहस्र-धार गंगा बन गई, उधर बेर सहस्र विजय-ध्वज।

धोती कीमती थी–शान्तिपुरी, खास ससुराल के लिए ली गई थी, जैसे प्रसिद्ध लेखक खास पत्र के लिए लेख लिखते हैं। सान्त्वना हुई कि कई और हैं। नदी-गर्भ से ऊपर आया। कुछ दूर पर बेहटा-श्मशान मिला। दो ही मील पर देखा, दुर्दशा हो गई है, जैसे धूल का समन्दर नहाकर निकला हूँ। स्टेशन मील-भर रह गया था, गाड़ी का अर्राटा सुन पड़ा। अपने-आप पैर दौड़ने लगे। मन ने बहुत कहा, बड़ी अभद्रता है। लेकिन जैसे पैर के भी जबान लग गई हो, बोले–'अभी भद्रता कुछ बाकी भी रह गई है ? घर लौटकर जाओगे, जिन्दगी-भर गाँववाले हँसेंगे–बाबू

बनकर ससुराल चले थे। हजार-हजार सपाटे का उठान तो देखो।' कहते पैर बेतहाशा उठ रहे थे। छाता बगल में। हाथ में जूते। सामने मील-भर का ऊसर। चार बजे की चटकती धूप। स्टेशन देख पड़ने लगा। गाड़ी प्लेटफार्म पर आ गई। दौड़ तेज हुई। लम्बा मैदान। गाड़ी पानी ले रही है। अभी छ फर्लांग और है। भूभुल में पैर ज़ले जा रहे हैं, लेकिन रफ्तार धीमी नहीं, बढ़ाई भी नहीं जा सकती, कलेजा मुँह को आता हुआ। एंजिन पानी ले चुका, लौट रहा है, अभी चार फर्लांग है और तेज हो—नहीं हो सकते। बदन लत्ता। जान पड़ता है, गिर जाऊँगा।

इसी समय नौकर चन्द्रिकाप्रसाद ठोढ़ी उठाकर रास्ते की तरफ देखता हुआ देख पड़ा। चन्द्रिका के दूध के दाँत उखड़ने के बाद सामने के अन्नवाले नहीं जमे, इसलिए लोग 'सिपुला' कहते हैं। हैरान होकर असम्बद्ध होंठों से—ठोड़ी उठाए, एकदृष्टि—प्रतीक्षा करते देखकर मुझे नई जान मिली, देखकर चन्द्रिका भी सजीव हुआ। टिकट कटा लिए थे, गनीमत हुई। मैं पहुँचा। चन्द्रिका हँसा, फिर सामान चढ़ाने लगा। स्टेशन में एक प्लेटफार्म है, उस तरफ उससे गाड़ी लगी हुई। मुझे न आता देख चन्द्रिका उतरकर इधर चला आया था। इधर से ही चढ़े। भीतर जाने के साथ इतनी गर्मी मालूम दी कि जान पर आ बनी। चन्द्रिका न होता, तो न जाने क्या होता ! वह अँगोछे से हवा करने लगा। कुछ देर में होश दुरुस्त हुए। गाड़ी चली। ठण्डे होकर कपड़े बदले।

पाँचवाँ स्टेशन डलमऊ है। उतरा, तब सूरज छिप चुका था। लेकिन इतना उजाला कि अच्छी तरह मुँह दिखे। चन्द्रिका ने सामान उठाया। चले। गेट पर टिकट-कलेक्टर के पास एक आदमी खड़ा था बना-चूना, बिलकुल लखनऊ-ठाठ, जिसे बंगाली देखते ही गुण्डा कहेगा। तेल से जुल्फें तर, जैसे 'अमीनाबाद' से सिर पर मालिश कराकर आया है। लखनऊ की दुपलिया टोपी, गोट तेल से गीली, सिर के दाहिने किनारे रखी। ऐंठी मूँछें। दाढ़ी चिकनी। चिकन का कुर्ता। ऊपर बास्कट। हाथ में बेंत। काली मखमली किनारी की कलकतिया धोती, देहाती पहलवानी फैशन से पहनी हुई। पैरों में मेरठी जूते। उम्र पच्चीस के साल-दो साल इधर-उधर। देखने पर अन्दाजा लगाना मुश्किल है—हिन्दू है या

मुसलमान। साँवला रंग। मजे का डीलडौल। साधारण निगाह में तगड़ा और लम्बा भी।

टिकट देकर निकलते ही मुझसे पूछा, "कहाँ जाइएगा ?"

मैंने कहा, "शेरअन्दाजपुर।"

"आइए, हमारा एक्का है," कहकर उसने एक्केवान को पुकारा, और गौर से घूरते हुए पूछा, "किनके यहाँ ?"

मैंने अपने ससुरजी का नाम लिया। उसे एक बार देखकर दोबारा नहीं देखा, कारण वह मेरा आदर्श नहीं था, मुझसे दो इंच छोटा था और बदन में भी हलका।

मैं एक्केवाले के साथ एक्के पर बैठा। चन्द्रिका भी था। वह जवान कुछ देर तक पैसेंजर देखता रहा, फिर उसी एक्के पर आकर बैठा। चुपचाप बैठा देखता रहा। तब मैं नहीं समझ सका, अब जानता हूँ–वैसी शुभ दृष्टि सुन्दरी-से-सुन्दरी पर पड़ती है, जिसकी बाढ़ का पानी रत्ती-भर नहीं घटा।

चन्द्रिका बेवकूफ की तरह उसे, विश्वास की दृष्टि से मुझे रह-रहकर देख लेता था। उस मनुष्य ने मुझसे कोई प्रश्न नहीं किया, केवल अपने भाव में था। मुझे बोलने की कोई आवश्यकता न थी। एक्का चला, कस्बे में आकर मेरे ससुरजी के दरवाजे खड़ा हुआ। वह आदमी चौराहे पर उतर गया था। उतरते एक्केवाले से कुछ कहा था, मैंने सुना नहीं।

जब मैं किराया देने लगा, एक्केवाले ने कहा, "नम्बरदार ने मना किया है।"

"हम किसी नम्बरदार को नहीं जानते, किराया लेना होगा, पहले कह दिया होता।"

एक्केवाले ने हाथ तो बढ़ाया, लेकिन कहा, "भैया, उन्हें मालूम होगा, तो मेरी नौकरी न रहेगी।"

मैं समझ गया, पैसे जेब में रखेगा। अब ससुराल के लोग आ गए। मैं प्रणाम-नमस्कारादि के लिए तैयार हुआ।

चार

पैर छूकर मैं एक गलीचा-बिछे पलँग पर बैठा। देखा, सासुजी की पलकों पर चिन्ता की छाया है। मन-ही-मन कारण की तलाश करने लगा। इसी समय हृदय के भावों को शब्दों में प्रकट कर उन्होंने पूछा, "क्यों भैया, तुम कुल्ली के एक्के पर आए हो ?"

मैंने सोचा, कुल्ली अछूत है। कहा, "आजकल यह सब चला गया है।"

मैंने अपनी समझ से पूरी तरह उनकी शंका मिटा दी, पर सासुजी की निगाह में त्रिशंकु स्वर्ग से गिरे; मेरे लहराते हुए बंगाली बालों को बड़े संशय से देखने लगीं—लहरियों से पुलकित होने की जगह सिहर-सिहर उठने लगीं, जैसे उनकी कन्या के भाग्य और सुहाग के लिए धोखे की टट्टी हो। एकाएक मेरी कोंछीदार धोती पर उनकी निगाह गई, तो जैसे शंका को सुगठित प्रमाण मिला। एक ही भाव में कुछ देर स्थिर रहकर उन्होंने लम्बी साँस छोड़ी—निष्कर्ष तक पहुँचने की सूचना। फिर धीरे-धीरे भीतर गईं।

मैं बैठा हुआ, फाटक के भीतर, घर के बाहरवाले आँगन में लगा चिलवल का पेड़ देखता रहा। एकाएक खयाल गया, इसकी डाल पर सावन में झूला पड़ता होगा, उस पर बैठी हुई भरे आकाश के सजल बादलों को देख-देखकर जो सावन, मल्लार, कजली और बारहमासियाँ गाती हुई पैंगों में झूलती है, उसे मैं पहचानता हूँ, उसके कुल गीतों का इधर मैं ही लक्ष्य रहा हूँगा।

इसी समय भीतर से एक नवीना कण्ठ की खिलखिलाहट सुन पड़ी; यद्यपि मैंने यह पहले-ही-पहल सुनी थी, फिर भी पहचानते देर नहीं हुई—यह किसकी है। उसकी ध्वनि में बड़े गहरे-गहरे अर्थ थे—'तुम मेरे हो, तुम पर मेरा पूरा विश्वास है, तुम्हें पाकर मैं और कुछ भी नहीं चाहती, दूसरे तुम्हें नहीं समझते, तो न समझें, मैं किसी को समझाना नहीं चाहती।'

चन्द्रिका खुले असबाब पर बैठा आकाश की शोभा देख रहा था। तारे निकल आए थे। भावावेश में उसने मुझसे पूछा, ''अच्छा, बाबा, आसमान में तारे ज्यादा हैं या दुनिया में आदमी ?''

मैंने कहा, ''तुझे क्या जान पड़ता है ?''

चन्द्रिका कुछ सोच-विचारकर हँसा। कहा, ''दुनिया आसमान से छोटी थोड़े ही है ? कहाँ से कहाँ तक है ! आदमी ज्यादा होंगे।''

इसी समय सासुजी शरबत लेकर आईं। उनका नौकर बाहर गया था। आया। सासुजी ने उससे पानी ले आने के लिए कहा। मैंने देखा, सासुजी का चेहरा प्रकाश को भी प्रसन्न कर रहा है। उनकी आत्मजा जैसे उनकी आत्मा में प्रविष्ट हो क्षण-मात्र में उनकी शंका निवृत्त कर चुकी है, परिष्कृत स्नेह के स्वर से कहा, ''बच्चा, शरबत पी लो।''

मैंने शरबत पिया। सासुजी ने इस बार भी एक साँस छोड़ी, जो मुझे स्निग्ध करनेवाली थी। चन्द्रिका ने भी शरबत पिया।

सासुजी प्रसन्न चित्त से पलँग के नीचे एक कम्बल बिछाकर बैठीं, और मेरे पिताजी की बर्बरता की खुली भाषा में आलोचना करने लगीं। मेरी कई बार इच्छा हुई कि उत्तर में सासुजी को बर्बर कहूँ, लेकिन शृंगार की जगह, ससुराल में वीर-रस की अवतारणा अच्छी न होगी, सोचकर रह गया। सासुजी अन्त तक यह कहती

बाज न आईं कि उनकी पुत्री की तरह सुन्दरी, पढ़ी-लिखी, सुशील और बुद्धिमती लड़की संसार में दुर्लभ है; अगर पिताजी ने मेरा विवाह कर दिया, तो दैव-दुर्योग के अवश्यम्भावी थपेड़े खाते-खाते मेरे पाँचों भूत संसार के इसी पार रह जाएँगे।

मैंने इसका भी जवाब नहीं दिया। फलतः सासुजी मुझे अत्यन्त समझदार समझीं। कहा, "मैंने तुम्हारा ही मुँह देखकर विवाह किया है, तुम्हारे पिता की तोंद देखकर नहीं।"

मुझे इसका मतलब लगाते देर नहीं लगी कि पिताजी अगर मेरा दूसरा विवाह करने लगें, तो मैं दूसरी ससुराल में अपना मुँह न दिखाऊँ। मेरे ऐसे ही स्वभाव से शायद प्रसन्न होकर सासुजी ने पूछा, "अच्छा भैया, मेरी लड़की तुम्हें कैसी सुन्दरी लगती है ?"

मौखिक इम्तहान में मैं बराबर पहला स्थान पाता रहा हूँ। कहा, "मैंने आपकी लड़की को छुआ तो है, बातचीत भी की है, लेकिन अभी तक अच्छी तरह देखा नहीं; क्योंकि जब मेरे देखने का समय होता था, तब दीया गुल कर दिया जाता था। दूसरे दिन दियासलाई ले तो गया, जलाकर देखा भी, लेकिन सलाई के जलते ही आपकी लड़की ने मुँह फेर लिया और झोंपड़े के अगल-बगलवाले लोग खाँसने लगे। फिर जलाकर देखने की हिम्मत न हुई।"

सासुजी मुस्कुराईं, और उठकर भीतर चली गईं।

भोजन के पश्चात् मैंने देखा, जैसे कवि श्री सुमित्रानन्दनजी पन्त को रायबहादुर पं. शुकदेवबिहारीजी मिश्र ने, वैसे मेरी सासुजी ने मुझे भी सौ में एक सौ एक नम्बर दिए हैं, यानी मेरे शयन-कक्ष में बड़ी मोटी बत्ती लगाकर दीया रख दिया है, ताकि उनकी पुत्री के अनन्य लावण्य को मैं पूरी सार्थकता के साथ देख सकूँ।

मैं हर्षित हो आँखें बन्द किए आगमन की प्रतीक्षा करने लगा। सबका भोजन-पान समाप्त हो जाने पर मन्द गति से संसार के समस्त छन्दों को परास्त करती हुई उनकी पुत्री भीतर आईं, और मुझे पान देती हुई बोलीं, "तुम कुल्ली के एक्के पर आए हो ?"

यह 'कुल्ली का एक्का' कौन-सी बला है ? मैं हैरान होकर सोचने लगा। श्रीमतीजी आनतवदना खड़ी मुस्कुराती रहीं।

पाँच

प्रातःकाल जब आँख खुली, काफी देर हो गई थी। सासुजी प्रातःकृत्य के लिए पूछने आईं। निवृत्त होकर जल-पान कर, एक किताब लेकर बैठा कि सासुजी ने कहा, "सुबह सूरज की किरन फूटने के साथ कुल्ली आए थे। हमने कहा, अभी सो रहे हैं। उन्होंने फिर आने के लिए कहा है। लेकिन, भैया, कुल्ली से मिलना-जुलना अच्छा नहीं।"

मैंने कहा, "जब वह खुद मिलने के लिए आवेंगे, तब मिलना ही होगा।"

"लेकिन वह आदमी अच्छे नहीं।" सासुजी ने गम्भीर भाव से कहा।

"तो भी आदमी हैं, इसलिए..."

"हमारा यह मतलब नहीं कि वह सींगवाले हैं। आदमियों में ही आदमी की पहचान होती है।"

"जब आपको यह पहचान थी, तब आपने उनसे कह दिया होता कि मुलाकात न हो सकेगी।"

"पर गाँव के आदमी से एकाएक ऐसा नहीं कहा जाता, फिर तुम नातेदार हो, तुमसे गाँव-भर के आदमी मिल सकते हैं, स्नेह-व्यवहार मानकर, हमारा रोकना अच्छा नहीं।"

"तो क्या आपका कहना है, जब कोई स्नेह-व्यवहार मानकर आवे, तब मैं ही उसे रोक दिया करूँ ?"

सासुजी अप्रतिभ होकर बोलीं, "नहीं, हमारा यह मतलब नहीं; उसके साथ रहने पर तुम्हारी बदनामी हो सकती है।"

"पर," मैंने कहा, "मेरे साथ रहने पर उसकी नेकनामी भी हो सकती है।"

सासुजी मुझे देखती हुई शायद मुझमें स्पष्ट नेकनामी के चिह्न देखने लगीं।

इसी समय कुल्ली आए, और अवरुद्ध कण्ठ से आवाज दी, "जगे ?"

सासुजी की त्योरियों में बल पड़ गए। श्रीमतीजी एक दफा इस तरफ से उस तरफ निकल गईं। मैं शुरू से विरोध के सीधे रास्ते चलता रहा हूँ। कुल्ली इतना खतरनाक आदमी क्यों है, जानने की उत्सुकता लिए हुए बाहर निकला। मधुर मुस्कुराहट से आत्मीयता जतलाते हुए कुल्ली ने सिर झुकाकर नमस्कार किया। उसे अत्यन्त सभ्य मनुष्य के रूप में देखकर मैंने भी प्रतिनमस्कार किया।

दिन के समय बाहर की बैठक में मेरे रहने का प्रबन्ध था। पलँग बिछाया जा चुका था। मैं बैठक की तरफ चला। पलँग के पास एक खाली चारपाई पड़ी थी। कुल्ली अपनी तरफ से उस पर बैठ गए। बराबरी की होड़ नहीं की, यह मुझे बहुत अच्छा लगा। पलँग पर बैठकर मैंने अपनी सासुजी को उनके घनिष्ठ सम्बन्ध से याद कर लिया।

इसी समय पान आए। कुल्ली ने तश्तरी लेकर आदर की दृष्टि से देखते हुए मेरी तरफ बढ़ाई। मैंने गौरवपूर्ण गम्भीरता से दो बीड़े लिए। आशीर्वाद के स्वर से कुल्ली को भी खाने के लिए कहा। मुस्कुराते हुए कुल्ली ने दो बीड़े ले लिए, और तश्तरी चारपाई पर रख दी।

फिर बड़ी सभ्य भाषा में बातचीत छेड़ी। बात उसी शहर के इतिहास पर थी। मैं देखता था, कुल्ली मुझे, खासतौर से मेरी

आँखों को इस तरह देखते हैं, जैसे उनके बहुत बड़े कोई प्रियजन हैं। यह दृष्टि इससे पहले मैंने नहीं देखी थी। मुझे कौतूहल तो था, पर भीतर से अच्छा लगता था। कुल्ली ने कहा, "यह डलमऊ 'दल बाबा' का था। उसका किला अब भी है।"

मुझे उत्सुकता हुई। मैंने पूछा, "क्या किला अब भी है ?"

"हाँ," गम्भीर स्वर से कुल्ली ने उत्तर दिया, "लेकिन अब टूटकर ढह गया है। यहाँ के पुराने अपढ़ लोग तो कहते हैं, किला दल बाबा के शाप से उलट गया है। जौनपुर के शाह से लड़ाई हुई थी। बरेली के बल और डलमऊ के दल मिलकर शाह से लड़े थे। यहाँ से कुछ दूर पर वह जगह है, जहाँ अब भी मेला लगता है। यहाँ की जगह और किले पर फिर मुसलमानों का अधिकार हुआ। शाह की कब्र यहाँ है, एक बारहदरी भी है—मकनपुर में। बहुत पहले यह जगह कन्नौज के अधीन थी। जयचन्द का झोंपड़ा यहाँ है, चौरासी के उस तरफ।"

यह इतनी ऐतिहासिक जगह है, सुनकर मैं पुलकित हो गया। ऐसी जगह ससुराल देने के कारण परम पिता को धन्यवाद दिया। मन में इतनी महत्ता आ गई, जैसे मेरी श्रीमतीजी दल की ही दुहिता रही हों। मैं विच्छुरित आनन्द की दृष्टि से कुल्ली को देखने लगा।

कुल्ली ने कहा, "यहाँ घाट भी कई देखने लायक हैं। राजा टिकइतराय का घाट तो बड़ा ही सुन्दर है।"

मेरी ससुराल के सम्बन्ध में एक साथ इतने नाम आएँगे, मेरा स्वप्न में भी जाना न था। मैं एक विशिष्ट व्यक्ति की तरह गम्भीर होकर बैठा।

मुस्कुराकर कुल्ली ने कहा, "यहाँ और भी घाट हैं, मठ और मन्दिर। बहुत पुरानी जगह है। उजड़ी बस्ती। देखने लायक है।"

"मैं देखूँगा।" मन-ही-मन ससुरालवालों को इतर विशेष कहते हुए मैंने कहा।

कुल्ली ने कहा, "जब चलिए, आपको ले चलूँ। इस वक्त तो धूप हो गई है। शाम को चलें, तो चलकर किला देख आइए।"

मैंने सम्मति दी। कुल्ली ने कहा, "मैं चार बजे आऊँगा। यहाँ आदमी भी बहुत बड़े-बड़े हो गए हैं, जैसे मेरे वंश के..."

कुल्ली ने कुछ कवियों के नाम गिनाए। मैंने उन्हें भी बड़ी इज्जत से मन में जगह दी। कुछ देर बाद कुल्ली उसी तरह आँखें देखते हुए नम्रतापूर्वक नमस्कार कर बिदा हुए।

मैं बैठा सोचता रहा—दुनिया कैसी दुरंगी है ! इस आदमी के लिए उसकी कितनी मन्द धारणा है !

बैठका निराला देखकर सासुजी भीतर आईं। पहले कई बार शंकित दृष्टि से झाँक-झाँककर चली गई थीं। आते ही हृष्ट चित्त से पूछा, ''कुल्ली चले गए ?''

गम्भीर होकर मैंने कहा, ''हाँ, आज की बातचीत से मुझे तो वह बड़े अच्छे आदमी मालूम दिए।''

एक क्षण के लिए सासुजी फिर शंकित हो गईं। फिर मुझसे कहा, ''तुमने रामायण तो पढ़ी होगी ?''

''यद्यपि मैं लड़की नहीं कि पतिदेव की आँखों में पढ़ी-लिखी उतर जाने की गरज से रामायण-भर पढ़ी है, फिर भी रामायण की बातें मुझे मालूम हैं, और आपके सामने परीक्षा ही देनी है, तो कहता हूँ, कुल्ली रावण या कुम्भकर्ण नहीं है, यह मैं समझ गया हूँ।''

सासुजी मुस्कुराईं, बोलीं, ''परीक्षा में पास होने की शेखी लिए हुए भी तुम मेरी राय में रामायण में फेल हुए। मैंने रामायण का जिक्र इसलिए नहीं किया था कि तुम कुल्ली को रावण या कुम्भकर्ण बनाओ, मेरी बात के सिलसिले में कुम्भकर्ण तो बिलकुल ही नहीं आता, रावण के योगी बनकर भीख माँगने के प्रसंग पर कुछ आता है, पर दरअसल ये दोनों मिसालें गलत आईं, मतलब कालनेमि से था।''

मैंने उसी वक्त कहा, ''हाँ, 'कालनेमि जिमि रावण-राहू' लिखा है ?''

सासुजी मधुर मुस्कुराईं। कहा, ''तुमने रामायण पढ़ी है, यह सही है। लेकिन यहाँ...''

''हनुमानवाला प्रसंग है कि मैं पकड़कर पैर पटक देता ?'' मैंने बात छीन ली जैसे, गर्व से सासुजी को देखा।

सासुजी हँस दीं। बोलीं, ''इसमें शक नहीं कि तुमने बड़ा ही सुन्दर अर्थ लगाया है, पर मुझे कह लेने दो। कालनेमि की मिसाल इसलिए है कि महावीरजी कितने साधु-सज्जन थे, वह भी उसकी

बातों में आ गए थे, पहले नहीं समझ सके कि उसमें छल है।''

''हूँ,'' मैंने कहा, ''यह तो नहीं समझ सके, पर आपने अपनी पुत्री को समझा दिया होता कि वह मकरी-अप्सरा बनकर मुझे भेद बतला देती।''

''पर वह मकरी नहीं, न मकरी की तरह उसने तुम्हें पकड़ा है, और जबकि उस तरह नहीं पकड़ा, तब मरकर, अप्सरा बनकर भेद बतलाने की उसे आवश्यकता नहीं हुई। परन्तु तुम अगर उसे मारकर यह भेद जानना चाहोगे, तो हत्या ही तुम्हारे हाथ लगेगी।''

सासुजी के ज्ञान पर मुझे आश्चर्य हुआ, खास तौर से इसलिए कि उनकी बात का कोई तात्पर्य मेरी समझ में नहीं आया।

कुल्लीवाली चारपाई पर बैठी हुई सासुजी ने स्नेह के कण्ठ से मुझसे पूछा, ''तुम्हारी और कुल्ली की क्या बातचीत हुई ?''

उच्छ्‌वसित होकर मैं कुल्ली की आकर्षक बातचीत कहने लगा। मुस्कुराकर सासुजी बोलीं, ''कालनेमिवाला प्रसंग पूरा उतर रहा है। वह तुम्हें यहाँ से ले जाना चाहता है।''

मुझे बहुत बुरा लगा। मैंने पूछा, ''तो क्या यहाँ किला नहीं है ?''

''किला है,'' सासुजी ने कहा, ''लेकिन उसका मतलब तुम्हें किला दिखाना नहीं मालूम देता।''

''यह आपको कैसे मालूम हुआ ?'' मैंने रुखाई से पूछा।

''इस तरह कि कुल्ली के हथकण्डे हमें मालूम हैं।''

बात फिर भी मेरी समझ में न आई। सासुजी गम्भीर होकर बोलीं, ''जब जाना, तब चन्द्रिका को साथ ले जाना। अकेले उसके साथ हरगिज जाना नहीं हो सकता।''

''क्यों ?'' मैंने कहा, ''क्या कुल्ली मुझसे ज्यादा शहजोर है, जो चन्द्रिका बल पहुँचाएगा ?''

सासुजी हँसीं। कहा, ''यह तो जानती हूँ, लेकिन फिर भी तुम लड़के हो, माँ-बाप की बात का कारण नहीं पूछा जाता,'' कहकर उठीं और कहा, ''चलो, नहा लो, भोजन तैयार है।''

छह

मैं बचपन से आजादी-पसन्द था। दबाव नहीं सह सकता था। खास तौर से वह दबाव, जिसकी वजह न मिलती हो। एक घटना, अप्रासंगिक न होगी, कहूँ। मैं आठ साल का था। पिताजी जनेऊ करने गाँव आए थे। गाँव के ताल्लुकेदार पं. भगवानदीनजी दुबे थे। उन्होंने एक पतुरिया बैठाई थी। उससे एक लड़की और तीन लड़के हुए थे। जब की बात है, तब पं. भगवानदीनजी गुजर चुके थे। ताल्लुका उनकी धर्म-पत्नी से पैदा हुए पुत्र के नाम था। एकाएक मर गए थे, इसलिए पतुरिया को और उससे पैदा हुए लड़कों को अचल सम्पत्ति कुछ नहीं दे जा सके थे।

बाद को वसूली में पतुरिया के लड़के अड़चन डालते थे। इसलिए उनके अधिकारी भाई ने खाने के लिए उन्हें कुछ बागात और मातहत खेत दिए थे। मजे में गुजर होता था। पतुरिया थी। उसके लड़कों के नाम हैं—शमशेरबहादुर, जंगबहादुर, फतेहबहादुर और लड़की का नाम परागा।

सबसे छोटे फतहबहादुर मुझसे आठ साल बड़े थे। चौधरी

पं. भगवानदीनजी ने सबसे बड़े शमशेरबहादुर को बड़े प्रयत्न से शिक्षा दिलाई थी। मैंने उनका सितार बाद में जीवन में सुना है। वह वाक्य प्रशंसा के साथ मुझे अब तक याद है। शमशेर का उन्होंने जनेऊ भी किया था, और कहते हैं, जनेऊ-भोर के ब्रह्मभोज में अपनी ताल्लुकेदारी के और प्रभाव में आए और-और ब्राह्मणों को आमन्त्रित करके खिलाया भी था। इसके बाद शमशेर का एक विवाह भी किया था। लड़की खालिस ब्राह्मण-घर की नहीं, बाला ब्राह्मण-विधवा मिली, उससे किया। तब से यह परिवार अपने को ब्राह्मण समझता है। जरूरत पड़ने पर ये लोग शमशेरबहादुर दुबे, जंगबहादुर दुबे लिखकर सही करते हैं। अपनी माँ पतुरिया को उसी तरह भोजन देते थे, जैसे एक हिन्दू यवनी को देता।

इतने पर भी ताल्लुकेदार साहब की आँखें मुँदने के साथ-साथ गाँव के लोगों ने इनकी तरफ से मुँह फेर लिया। इनके यहाँ का पान-पानी गाँव तथा ग्वैंड़ के चारों ओर बात-की-बात में बन्द हो गया।

जब मैं गया, तब ये इसी अचल व्यवस्था में थे। प्रतिशोध की ताड़ना से इन्होंने गाँव तथा ग्वैंड़ के हर घर का इतिहास कण्ठाग्र कर रखा था। और, अधिकारी-अनधिकारी जो भी इनसे भली तरह बातें करता था, उसे घेरकर घंटों सुनाते रहते थे, "रामचरण की बेवा लड़की के लक्खू पासी का हमल रह गया था; शिवप्रसाद मिसिर की बहन बीस साल की ब्याही न होने की वजह से लछमन लोध के साथ भाग गई; रामदुलारे तिवारी अपने छोटे भाई की बेवा स्त्री को बैठाले हैं; सुन्दरसिंह का लड़का पल्टन में था, ससुर ने पुतोहू के हमल कर दिया, बात फैल गई, थानेदार आए, फिर रुपया देकर दबाया, और पुतोहू को बेटे के पास लेकर चले कहकर कलकत्ता, जाने कहाँ पहुँचे, वहाँ लड़का होने पर उसे मारकर पुतोहू को बेटे के पास ले गए; कहा—संग्रहणी हो गई थी, कलकत्ता इलाज कराने गए थे।"

गाँव आने पर इसी खानदान का मुझ पर सबसे ज्यादा प्रभाव पड़ा। यही मुझे आदर्श आदमी नजर आए—चेहरे-मोहरे के, बातचीत के, उठक-बैठक के। तब मेरा जनेऊ नहीं हुआ था, इसलिए खान-पान की रोकथाम न थी। पतुरिया मुझसे स्नेह

करती थी, खिलाती थी और लतीफे सुनाती थी। नए ढंग के कुछ दादरे और गजलें सिखाई थीं।

एक दिन उनके छोटे लड़के ने, जिनका मुझ पर ज्यादा प्रभाव था, कहा, "तुम्हारे बड़े चाचा हमारे यहाँ नौकरा थे, हमारे घोड़े ने उनका हाथ काटकर बेकाम कर दिया था, तब हमने माफी दी थी, वह जमीन आज भी तुम्हारी चाची जुताया करती हैं।"

यह बात सच है। लेकिन ताल्लुकेदार भगवानदीन ने जब माफी दी थी, तब उनके यह पुत्र-रत्न भूमिष्ठ नहीं हुए थे। मैं तब यह इतिहास नहीं जानता था। मुझे मालूम पड़ा, यह सब इन्होंने किया है।

इसके बाद कहा, "अभी तुम हमारे यहाँ का खाते हो, जब जनेऊ हो जाएगा, न खाओगे।"

मैंने खुद-ब-खुद सोचा, 'यह अन्याय है। अगर आज खाते हैं, तो कल क्यों न खाएँगे ?'

परागा बहन ने कहा, "बदलू सुकूल के यहाँ महुए की लप्सी खाओगे, हमारे यहाँ हलुआ नहीं।"

मुझे झेंप मालूम दी। मैं हलुआ छोड़कर लप्सी नहीं खाता, मन में कहा। कुछ दिन बाद जनेऊ हुआ। अब तक इस घर के आदमी-आदमी ने बगावत के लिए मुझे तैयार कर लिया था। मैं प्रतिज्ञा कर चुका था कि जनेऊ चाहे तीन बार हो, लेकिन मैं यहाँ भोजन न छोड़ूँगा। इनकी बातें मुझे संगत मालूम देती थीं। अगर गाँववाले कभी इनके यहाँ खाते थे, तो अब क्यों नहीं खाते ?

जनेऊ हो जाने के दूसरे रोज पिताजी ने एकान्त में बुलाकर मुझसे कहा, "अब आज से, खबरदार, पतुरिया के घर का कुछ खाना-पीना मत।"

मैंने कहा, "पतुरिया का छुआ तो उनके लड़के भी नहीं खाते-पीते।"

पिताजी ने कुछ समझाकर कहा होता, तो मेरी समझ में बात आई होती। उन्होंने डाँटकर कहा, "उसके हाथ का भी मत खाना।"

मैंने पूछा, "जब ताल्लुकेदार थे, तब आप लोग उनका छुआ खाते थे ?"

पिताजी ने होंठ चबाकर कहा, "हम जैसा कहते हैं, कर।"

यहीं मैं कमजोर था। दिल से बात न मानी। जनेऊ के बाद दो-तीन दिन कहीं न गया, जनेऊ चढ़ाता-उतराता रहा। दिन-भर में कितने जनेऊ बदलने पड़ते थे। जनेऊ के बाद दो दिन पतुरिया के घर न गया; लोगों की धारणा बँध गई, मैं रोक दिया गया, और बात मैंने मान ली।

तीसरे या चौथे दिन पं. फतहबहादुर दुबे कुएँ पर नहाने का डौल कर रहे थे, एकाएक मैं पहुँचा। मुझे देखकर वह मुस्कुराए। मेरे दिल में जैसे तेज तीर चुभा। बड़ा अपमान मालूम दिया। मैंने उनके पास पहुँचकर कहा, "भैया, पानी पिला दीजिए।"

भैया प्रसन्न हो गए। डोल से लोटे में पानी लेकर मुझे पिलाने लगे। पिलाते वक्त उन्हें गर्व का अनुभव हो रहा था। मुझे भी खुशी थी, जैसे कोई किला तोड़ा हो। उन्होंने गाँव के और लोगों को देखकर अपने ब्राह्मणत्व का गर्व किया था, मैंने अपनी प्रतिज्ञा-रक्षा की।

जिन पर भैया फतहबहादुर ने फतह पाई थी, उनमें भी सिर उठाने का हौसला कम न था। वे पिताजी के पास गए, और सिर उठाकर कहा, "आपका लड़का सबके सामने पतुरिया के छोटे लड़के का भरा पानी उन्हीं के लोटे से पी रहा था। अभी नादान है, इसलिए इस दफा माफ किए देते हैं; फिर अगर ऐसी हरकत करते देखा गया, तो हमें लाचार होकर आपसे व्यवहार तोड़ना होगा।"

पिताजी पहले आज्ञा दे चुके थे, फिर ब्राह्मणों ने बात सभ्य ढंग से कही थी, पिताजी का क्रोध सप्तम सोपान पर पहुँचा। एक तो सिपाही आदमी, फिर हृष्ट-पुष्ट, इस पर व्यक्तिगत और जातिगत अपमान! कहा है—'सब ते अधिक जाति-अपमाना।' जाते ही मुझे पकड़कर फौजी प्रहार जारी कर दिया। मारने वक्त पिताजी इतने तन्मय हो जाते थे कि उन्हें भूल जाता था कि दो विवाह के बाद पाए हुए इकलौते पुत्र को मार रहे हैं। मैं भी, स्वभाव न बदल पाने के कारण मार खाने का आदी हो गया था। चार-पाँच साल की उम्र से अब तक एक ही प्रकार का प्रहार पाते-पाते सहनशील भी हो गया था, और प्रहार की हद भी मालूम

हो गई थी।

जब पिताजी के बिजली के हाथ छूट रहे थे, मैं चिल्लाता हुआ उनकी पहले की मारें याद कर रहा था—एक दफा जाड़े के दिनों में रात आठ बजे मैंने बगल की बाड़ी में पाखाने की हाजत रफा की, और यूरोपियनों के कागज का काम बैंगन के पत्तों से लिया, फिर भोजन के लिए रसोई जाना ही चाहता था कि भाभी ने रोक दिया, उन्होंने झरोखे से मुझे देख लिया था। पिताजी से यथातथ्य कह दिया। पिताजी पहले गरजे, फिर एक हाथ से मेरी बाँह पकड़कर टाँग लिया और ताल की ओर ले चले—उसी तरह टाँगे हुए। वहाँ उसी तरह पकड़े हुए डुबा-डुबाकर नहलाने लगे—'सौंचता जा, सौंचता जा' कहते हुए। जब अपनी इच्छा-भर नहला चुके, तब प्रहार के ताप से जाड़ा छुटाने लगे।

याद आया—एक बार एकान्त में मैंने पिताजी को सलाह दी थी, 'तुम्हारे मातहत इतने सिपाही हैं, तुम इस राजा को लूट क्यों नहीं लेते ?' पिताजी ने सोचा, यह किसी दुश्मन की सिखाई बात है, जो उनकी नौकरी लेना चाहता है। मुझे मार-मारकर अपने दुश्मन का भूत उतारते हुए पूछने लगे कि किसने सिखलाया है। मैं किसका नाम बतलाता ? वह उद्‌भावना मेरी ही थी। मैं जितना ही कहता था, यह बात मेरी ही सोची हुई थी, पिताजी उतना ही सन्देह करते और मार-मारकर पूछते जाते थे। मैं कुछ देर बाद बेहोश हो गया था। (तब से आज तक मैं नौकर और नौकरी को पहचानता हूँ। इस बयालीस साल की उम्र में, पहले, बड़ी मजबूरी में नौकरी की थी, सिर्फ दो-ढाई साल चली। अस्तु।)

चाँटे की ताल-ताल पर पिताजी कबूल करा रहे थे, फिर तो मैं पतुरिया के यहाँ का पानी न पियूँगा, मैं स्वीकार कर रहा था। किसी तरह छुट्टी मिली।

दो-तीन दिन का समय दर्द अच्छा होने में लगा। एक दिन मैं बाहर निकला कि दुर्भाग्य से फिर वैसा ही प्रकरण आ पड़ा। गाँव के मुखिया क्रोध से भरे हुए गाँव के लोगों की रक्षा के विचार से गए, और गम्भीर होकर नाम लेते हुए कहा, "क्या तुम दूसरों का धर्म लेना चाहते हो ? आज तुम्हारा लड़का पतुरिया के लड़के से ले-लेकर भूने चने चबा रहा था। आज से गाँव के ब्राह्मणों में

तुम्हारा व्यवहार बन्द है।"

आज की मात्रा पिताजी में उनसे अधिक थी। फिर मुखिया ने ये बातें डाँट के साथ कही थीं। व्यक्तिगत बात को व्यक्तिगत रूप देते हुए उन्होंने कहा, "तू हमारा पानी बन्द करेगा ? तू पासी का है, गाँव में जा और पूछ, तेरी लड़की पटने में एक-दो-तीन-चार, एक-दो-तीन-चार कर रही है—हम अपनी आँखों देख आए हैं। माना कि चौधरी भगवानदीन का काम बेजा था, लेकिन उनके सामने कहते ! नहीं, जब तक वह जिए, इन्हीं लड़कों की (अंग-विशेष का उल्लेख कर कहा) धो-धोकर पीते रहे, अब सब छंगे के बने फिरते हो ? शहर में होते, तो देखते हम, कितने आदमियों का बम्बे का पानी और डॉक्टर की दवा छुड़ाते हो। यहाँ क्या, नाम के करने को कौन-सा काम और गाने को छीता-हरन !"

मुखिया का थूक सूख गया। विशेष अस्वस्थ हों जैसे, धीरे-धीरे लौटे।

पिताजी ने गम्भीर स्नेह-स्वर से पुकारा, "अरे ए मुखिया, तमाकू खाए जाओ !"

मैं अब विकास पर हूँ। इन मेरी आँखों में धूल झोंकी जा रही है। मैं जरूर कुल्ली का साफ आसमान देखूँगा। चन्द्रिका मेरे साथ कर दिया जाएगा, तो उस बेवकूफ को एक काम देकर अलग कर देना कौन बड़ी बात है ? कहूँगा, अत्तार के यहाँ से रूह ले आ मालिश के लिए। रूह लेकर बड़े रास्ते पर खड़े रहना, हम वहीं मिलेंगे। देखा जाए, ये लोग कुल्ली के नाम से क्यों कान खड़े करते हैं ! इसी प्रकार अपना आगे का कार्यक्रम तैयार कर रहा था कि बैठक का दरवाजा खुला।

"भीतर आऊँ ?" विनीत सभ्य कण्ठ की आवाज आई। मैं समझ गया, कुल्ली हैं।

"आइए।" मैंने उसी सभ्यता से कहा। कुल्ली एक घण्टा पहले आए थे। बहुत बने-ठने। बालों से तेल जैसे टपकने पर हो। चिकन का धुला कुरता। ऊपर बास्कट। हाथ में बेंत। गर्मी के दिनों में भी पैरों में मोजे। विनीत, अप्रतिभ दृष्टि और श्री-हीन मुख। बात-बात में कालिदास के 'शिप्रावातः प्रियतम इव

प्रार्थनाचाटुकारः'। तब चाटूक्ति अच्छी लगती थी, क्योंकि उसका दर्शन न समझता था, कालिदास का यौन-विज्ञान भी नहीं। समझता तो उस दृष्टि, चेहरे और बातचीत से ही खात्मा कर दिया होता।

कुल्ली ने बड़े अदब से इलायची दी। मैंने ले ली। कहा, "आप घण्टेभर पहले आए !"

कुल्ली ने उत्तर दिया, "पाँड़ेजी का मन्दिर भी रास्ते में देख लेंगे।"

सासुजी पहले से सतर्क थीं। फाटक बन्द कर उसी दालान में अपना पलँग डलवाया था, और दुपहर-भर कुल्ली का रास्ता देखती रहीं। चन्द्रिका को अपनी ही दालान में सुलाया था। दुपहर-भर उससे हम लोगों की बातें पूछती रहीं, 'कैसे रहते हैं, क्या खाते हैं, कौन कैसे हैं, घर में किसका स्वभाव अच्छा है,' आदि-आदि।

चन्द्रिका बहुत अर्थों में बेवकूफ था। उससे घर की कोई भी बात मालूम की जा सकती थी। थोड़ी देर में देखता हूँ, अपने डण्डे पर अच्छी तरह तेल चुपड़े हुए चन्द्रिका बैठक के भीतर आया, साथ चलने के लिए कपड़े पहनकर, बिलकुल तैयार होकर।

चन्द्रिका को देखकर कुल्ली कुछ सहमे-से। फिर उससे कहा, "एक लोटा पानी हमारे लिए ले आओ।" चन्द्रिका पानी लेने गया, तो मुझसे बोले, "क्या यह भी साथ जाएगा ? इसका कौन-सा काम है ?"

कुल्ली के कहने से मेरा कौतूहल बढ़ा। मैंने कहा, "साथ जाना उसका फर्ज है। लेकिन मैं उसे सौदा लेने के लिए दूसरी जगह भेज दूँगा।"

कुल्ली ने अपने ढंग से समझा। कुल्ली ने सोचा, मैं उनका इरादा समझ गया हूँ, और उनकी अनुकूलता कर रहा हूँ; मैं वैसा ही आदमी हूँ, जैसा उन्होंने सोचा था।

चन्द्रिका पानी ले आया। दो-एक छींटे मुँह पर मारकर कुल्ली ने कहा, "बड़ी गर्मी है। इतना ही आया, ब्रह्मांड फट रहा है।" चन्द्रिका कुल्ली को देख-देखकर आजमा रहा था कि एक झपट होने पर आसमान दिखा सकेगा या नहीं। मुँह पर छींटे

मारकर, दो-एक घूँट पानी पीकर कुल्ली ने कहा, ''अब देर न कीजिए।''

मैं घर के भीतर चला। फाटक के पास जाते ही मालूम हुआ, सारा घर साँस साधे हुए है। फाटक खोलने पर सासुजी मिलीं, स्तब्ध भाव से मुझे देखती हुई। उनकी बेटी उनकी आड़ में। मैं सीधे अपने कमरे में गया। बाल कंघी किए, कपड़े बदले, जूते पहने; फिर छाता लेकर बाहर निकला। सासुजी रास्ता रोककर खड़ी हो गईं। अपने यहाँ का एक डण्डा देती हुई बोलीं, ''इसे भी ले लो। जंगल का रास्ता ठहरा।''

मैंने कहा, ''जरूरत पर मैं छाते से काम ले लूँगा।''

सासुजी की बेटी हँसीं। मैं बाहर निकला।

मैं फिर बैठके में न घुसूँ, इस विचार से कुल्ली दरवाजे के पास आ गए थे, मेरे निकलते ही निकल पड़े। कुल्ली के पीछे चन्द्रिका भी निकला। कुल्ली ने उसे घृणा से घूरा, पर कुछ कहा नहीं। रास्ते पर जाकर खड़े हो गए। मैं भी बढ़ा। मेरे पीछे चन्द्रिका। चन्द्रिका का रहना कुल्ली को अखर रहा था। मुझे सासुजी की बात याद आ रही थी कि कुल्ली मुझे यहाँ से ले जाना चाहता है। उसका उद्‌देश्य किला दिखाना नहीं। पर उसका उद्‌देश्य क्या है, जानने की बड़ी उत्सुकता हुई। इसी समय हम लोग बड़े रास्ते पर आए। कुल्ली ने एक दफा मेरी तरफ देखकर इशारा किया कि अब इसे बिदा कर दो। वह इशारा, मुँह और आँख का बनना, मुझे बड़ा अच्छा मालूम दिया। दो-एक दफा ऐसे इशारे और हों, देखूँ, इस अभिप्राय से चन्द्रिका को लिए रहा। कुल्ली का उत्साह टूट गया; चाल धीमी पड़ गई। पर आशा से हृदय बाँधकर पाँड़ेजी के शिवाले की तरफ चले।

कुछ दूर पर शिवाला मिला। चारों ओर घूमकर हम लोगों ने मन्दिर देखा, देवता के दर्शन किए, फिर मन्दिर की चित्रकला देखते रहे। फिर बैठकर कुछ देर विश्राम करने और पुजारीजी की बातचीत सुनने लगे। ज्यों-ज्यों देर हो रही थी, कुल्ली का पेट ऐंठ रहा था। पुजारीजी की बातचीत चल रही थी कि उस साल भगवान का जन्मदिन मुहर्रम के दिन पड़ा; जब ताजिए उठ रहे थे, पुजारी भगवान की आरती कर रहे थे; आरती में खूब बाजे

बज रहे थे, इंस्पेक्टर साहब के पूछने पर पुजारीजी ने कहा कि जिनके यहाँ आदमी मरा, और कहीं लाश का पता नहीं, उनके यहाँ तो ये सब, और पुजारीजी के यहाँ आज भगवान पैदा हुए (कहते हैं, उसी दिन पुजारीजी की स्त्री के लड़का हुआ था), तो यहाँ कितना उछाह होना चाहिए।

कुल्ली ने बीच में टोककर कहा, ''महाराज, अभी और जगहें देखनी हैं,'' कहकर उठ खड़े हो गए।

मैं पुजारीजी की बात खत्म होने पर उठा। तब तक कुल्ली सैकड़ों मर्तबे निगाह से मुझे उठाते रहे। मैं देखता और सुनता रहा। शिवाले के बाहर निकलकर कुल्ली ने फिर इशारा किया। इस बार कुल्ली का इशारा चन्द्रिका ने देख लिया। लेकिन बात उसकी समझ में न आई। उसने सोचा था, आगे चलकर कुल्ली को मारने की नौबत आएगी; पर इस इशारे में उसे काफी स्नेह दिखाई दिया।

इसी समय अत्तार के यहाँ से मैंने रूह खरीद लेने की आज्ञा दी। चन्द्रिका असमंजस में पड़ गया—उसे सासुजी की आज्ञा साथ न छोड़ने के लिए थी; सासुजी की बात याद आई—साथ न छोड़ना, दोस्त-दुश्मन कौन कैसा साथ रहता है; लेकिन कुल्ली को दुश्मन में शुमार न कर सकने के कारण उतरे गले से कहा, ''मैं भी किला देख लेता।''

कुल्ली ने कहा, ''क्या आज से किले का आना बन्द हुआ जाता है ? कल देख लेना; कहीं मालिक की हुक्म-अदूली की जाती है ? जाओ, रूह खरीद लो। वह आगे दुकान है।''

चन्द्रिका मेरी तरफ देखने लगा। मुझे भी उत्साह था। कहा, ''खरीदकर यहीं या बड़े रास्ते पर रहना। हम घण्टे-भर में आ जाते हैं।''

चन्द्रिका मुड़ा। कुल्ली ने उत्साह से सीना तानकर गर्दन उठा दी। मुझे भी यह मुद्रा अच्छी लगी। बंगाल में ऐसी अंग-भंगी देखने को न मिली थी।

हम ढाल से नीचे उतरे। किला देख पड़ने लगा। मिट्टी के दो काफी ऊँचे टीले हैं, एक-दूसरे से जुड़े हुए। इन्हीं पर इमारत थी। इस समय केवल एक बारहदरी दूर से देख पड़ती है। किले

के चारों तरफ ईंटों की चारदीवारी थी, जगह-जगह मालूम देता है। ईंटें कहीं-कहीं बहुत बड़ी हैं। बाकी इमारत की ईंट लखनऊ की जैसी कागजी थीं, लेकिन बहुत पकी हुई मजबूत। घुसते एक फाटक मिला, मजे का, इन्हीं ईंटों का बना। फाटक का रास्ता कागजी ईंटें गाड़कर बनाया हुआ, नीचे से ऊपर को चढ़ता हुआ, गऊघाट की तरह का। दूर से दृश्य अच्छा मालूम देता है, ऊपर से और अच्छा। हम लोग फाटक से होकर चढ़ते हुए किले के भीतर गए। जाने पर प्राचीनता का नशा जकड़ लेता है, जिसकी स्तब्धता दूर इतिहास-काल में ले जाकर एक प्रकार का प्रगाढ़ आनन्द देती है। कुल्ली ने दूसरे टीले की तरफ हाथ उठाकर कहा, ''वह रनवास है। बैठ गया है, दो-एक जगह से मालूम देता है। नीचे की दालानें देख पड़ती हैं। एक तहखाना भी है ! लोग कहते हैं, यहाँ बड़ी दौलत है।''

फिर आगे बढ़े। एक जगह एक मस्जिद थी, टूटी हुई। कुल्ली ने कहा, ''यह मस्जिद है। शाह का कब्जा होने के बाद बनी थी। इसीलिए दूसरी इमारतों के मुकाबले नई मालूम देती है। सामने यह सिपाहियों के रहने की जगह थी, अब कुछ कब्रें हैं। देखिए, उस फाटक से उस बारहदरी तक कई फाटक थे। ड्योढ़ियाँ थीं। सिपाही पहरे पर थे। जगह देखते जाइए, धीरे-धीरे कैसी ऊँची होती गई है। बारहदरी के पास किला काफी ऊँचा है।''

वैसे ही बढ़ते हुए कुल्ली ने दाईं तरफ एक कुआँ दिखलाया। उस समय वह सूख गया था। कुएँ के आगे ढाल में नीचे, किले का नावदान है। मुसलमानों का अधिकार होने पर किले की पत्थर की मूर्तियाँ वहाँ फेंक दी गई थीं, अब भी काफी संख्या में पड़ी हैं। इसी जगह से बाहर निकलने को, कहते हैं, एक सुरंग थी। हम लोग बारहदरी की तरफ चले। कुल्ली ने कहा, ''पहले यहाँ बहुत अच्छी इमारत थी। कुछ टूट गई थी। अँगरेजों ने मरम्मत कराई, और अपनी कचहरी लगाते थे।''

मैंने देखा, जैसे एक छोटे पहाड़ की चोटी पर पहुँचा हूँ। बारहदरी के ठीक नीचे गंगा बह रही थीं। कुछ सीढ़ियाँ बनी थीं, जिनसे मालूम होता था, ऊपर से नीचे गंगा तक उतरने का जीना

बना था। किला ऐसे मौके पर कि एक तरफ से गंगा का प्रवाह जैसे रोके हुए है। बरसात में किले की बगल से सटकर गंगा बहती हैं। एक तो वहाँ गंगा का पाट भी चौड़ा है, दूसरे बहुत बड़ा कछार भी है, ऊँची जगह, निगाह दूर-दूर तक जाती है, जिससे जी को वैसा ही प्रसाद मिलता है। देखकर मुझे बड़ा आनन्द आया। मेरी खुशी से कुल्ली भी खुश हुए। बारहदरी पर जानेवाली सीढ़ी के सिरे पर बैठ गए। मैं भी थका था, बैठ गया।

कुल्ली ने कहा, ''दोस्त, क्या हवा चल रही है !''

कुल्ली का दोस्त कहना मुझे बड़ा अच्छा लगा। मित्रता की तरफ और गुरुडम के खिलाफ मैं पहले से था। मैंने कुल्ली का समर्थन किया। कुल्ली मुस्कुराए मेरी मैत्री की आवाज पर, फिर इस स्वर को और उदात्त कर बोले, ''दोस्त, तुम्हारा चेहरा बतलाता है कि तुम गाते हो, कुछ सुनाओ वक्त की चीज।''

मैं गद्गद हो गया यह सोचकर कि वक्त की चीज सुननेवाला संगीत-मर्मज्ञ है। तारीफ से मैं अभी कल तक उमड़ आता था; उमड़ जाने पर आदमी हलका हो जाता है, न जाना था। गाने लगा। कुल्ली सिर हिलाने लगे। मैं देखता था, ताल के साथ कुल्ली के सिर हिलाने का सम्बन्ध न था। आश्चर्य हुआ कि ऐसा समझदार यह क्या कर रहा है। इसके बाद कुल्ली ने सम की जगह समझकर 'हँः' किया; वहाँ सम न थी। एक कड़ी गाकर मैंने गाना बन्द कर दिया।

कुल्ली ने कहा, ''यार, तुम तो बहुत ऊँचे दर्जे के गवैए हो, हमारा इतना जाना न था।''

मैं फिर फूल गया। कुछ उस्तादों के नाम गिनाए, जिनमें कुछ से कुछ सीखा था, अधिकांश के नाम सुने थे। कहा, ''इन सबसे मैंने यह विद्या ली है।''

मेरे गुरुत्व पर गम्भीर होकर कुल्ली बोले, ''हाँ, ये सब लोग राना साहब के यहाँ आते हैं। पर तुम्हारी और बात है। तुम्हारा गला क्या है ! तुम्हारा गला जादू है !''

मैं संयत होने लगा, कुल्ली जो कुछ कह रहे हैं, ठीक है, समझकर।

शाम हो रही थी। घर की याद आई। मैंने कहा, ''अब

चलना चाहिए।"

कुल्ली भावस्थ हो गए, फिर एक गर्म साँस छोड़ी। कहा, "अच्छा, चलो। हम लोग चलें।"

कुल्ली जिस रास्ते से ले चले, यह नया था। मेरे पूछने पर कहा, "जरा ही दूर मेरा मकान है। अपनी चरण-रज से पवित्र तो कर दो।"

तब मैं ब्राह्मण था, इसलिए चरण-रज से पवित्र करने की ताकत है, समझता था। कुल्ली के मकान के साथ कुल्ली की देह भी संलग्न है भाव-रूप से, इसलिए उसके पवित्र करने की बात भी मेरे मन में आई, क्योंकि मैं देख चुका था, कुल्ली की भली बात का व्यंग्य रूप से लोग बुरा अर्थ लगाते हैं, फलतः कुल्ली के पवित्र होने की जरूरत है। कुल्ली अब तक के आचरण से किसी तरह भी अनाचरणीय मनुष्य नहीं। उसका यह भाव लोगों में व्यक्त हो जाना चाहिए। चुपचाप कुल्ली के साथ चला जा रहा था। पुराने बाजार से कुछ आगे चौरासी पर कुल्ली का मकान था। कुल्ली ने घर का ताला खोला। गृह की यह दशा देखकर मैंने सोचा—कुल्ली त्यागी मनुष्य है। जम्बुकों के वन में अकेला सिद्ध वेदान्त-केसरी की तरह रहता है। कुल्ली ने लालटेन जलाई, फिर कहा, "यही झोंपड़ी है। घर में मैं अकेला रह गया हूँ। कुछ जमींदारी है। लड़के-बच्चे, जोरू-जाते कोई नहीं, दो एक्के चलवाता हूँ। शौक से रहता हूँ, यह आदमियों को अच्छा नहीं लगता। मान लो, कोई बुरी लत हो, तो दूसरों को इससे क्या ? अपना पैसा बरबाद करता हूँ !"

बात मुझे संगत मालूम दी। मैंने कहा, "दूसरों की ओर उँगली उठाए बिना जैसे दुनिया चल ही नहीं पाती।"

कुल्ली खुश होकर बोले, "हाँ, लेकिन दुनिया में हमारे-तुम्हारे-जैसे आदमी भी हैं, जो लोगों के उँगली उठाने से घबराते नहीं।"

कुल्ली ने बड़े स्नेह के साथ मुझे पान दिया, और मेरे पान लेते वक्त जरा मेरी उँगली दबा दी। मैं बहुत खुश हुआ, यह सोचकर कि ससुराल के सम्बन्ध से कुल्ली मेरे साले होते हैं, मुझसे दिलग्गी की है। मुझे खुश देखकर कुल्ली विचित्र तरह से तने।

कुछ देर तक इस उत्तेजना का आनन्द लेकर बोले, ''कल तुम्हारा न्योता है मिठाई का। लेकिन किसी से कहना मत, क्योंकि यहाँ लोग सीधी बात का टेढ़ा अर्थ लगाते हैं। कल नौ बजे तक आ जाओ।'' फिर बहुत दीन होकर बोले, ''गरीबों पर भी कृपा की जाती है।''

आजकल जिस तरह लोग मेरा व्यंग्य नहीं समझते, उसी तरह पहले लोगों का व्यंग्य मेरी समझ में न आता था। मैंने कुल्ली का आमन्त्रण स्वीकार कर लिया, और चलने को तैयार हुआ।

मेरे मुँह की ओर देखते हुए कुल्ली ने कहा, ''पान भी क्या खूबसूरत बनाता है तुम्हें! तुम्हारें होंठ भी गजब के हैं। पान की बारीक लकीर रचकर, क्या कहूँ, शमशीर बन जाती है।''

कुल्ली हृदय की भाषा में कह रहे थे, मैं कुल अर्थ ससुराल के सम्बन्ध से लगाता हुआ बहुत ही प्रसन्न हो रहा था।

मैं बढ़ा। कुल्ली बड़े रास्ते तक आए, और नमस्कार करके कहा, ''कल सवेरे नौ बजे इन्तजार करूँगा।''

मैंने भी प्रतिनमस्कार किया। ढाल के पास चन्द्रिका खड़ा था। देखकर कहा, ''बहुत देर कर दी बाबा, तुमने। मुझे शंका हो रही थी कि कहीं धोखा न हुआ हो।''

मैंने कहा, ''चन्द्रिका, धोखा तो खैर नहीं हुआ, लेकिन धोखा देना है। तुम्हारी नानी पूछें, तो कहना, हम साथ थे।''

चन्द्रिका ने स्वीकार कर लिया। मैं कुल्ली की बातों के विचार में था, चन्द्रिका के स्वभाव के अनुकूल समझाना याद न था।

सासुजी सर्वान्तःकरण से हमारा रास्ता देख रही थीं। मैं कपड़े छोड़ने भीतर गया, सासुजी चन्द्रिका से पूछने लगीं, ''कहाँ-कहाँ गए चन्द्रिका ?''

चन्द्रिका ने उतरे गले से कहा, ''कहीं नहीं, बाबा के लिए रूह लेने गया था।'' इतना क़ह जाने पर चन्द्रिका को होश हुआ।

सासुजी को इतनी पकड़ काफी थी। पूछा, ''भैया ने भेजा था ?''

''हाँ।'' चन्द्रिका ने रुखाई से कहा, गलती कर जाने के कारण।

सासुजी ने पूछा, "फिर ?"

चन्द्रिका रुका और फिर सँभलकर कहा, "फिर किले गए।"

सासुजी ने पूछा, "वहाँ सतमंजिला मकान देखा था ?"

चन्द्रिका ने कहा, "हाँ।"

सासुजी ने पूछा, "वहाँ एक बहुत बड़ा ताल है, वहाँ गए थे ?"

चन्द्रिका ने कहा, "हाँ।"

सासुजी ने पूछा, "किले पर लखपेड़ा बाग है, देखा था ?"

चन्द्रिका ने कहा, "हाँ, बहुत देर तक सब लोग देखते रहे।"

सासुजी समझ गईं, भीतर से एक डण्डा लाकर दिखाती हुई बोलीं, "देख, दहिजार लोध ! भले आदमी की तरह ठीक-ठीक बता, नहीं तो वह डण्डा दिया कि मुँह टेढ़ा हो गया। तू कहाँ था ?"

चन्द्रिका ने कहा, "देखो नानी, मुझे मारो मत, न मैं किले का नौकर हूँ, न किसी दूसरे का। जिनका नौकर हूँ, उनसे पूछ लो।"

बात पानी की तरह साफ हो गई। सासुजी को पूछने की जरूरत नहीं हुई। मैं निकला, तो मुँह पर ऐसी दृष्टि उन्होंने डाली, जैसे मुँह सड़ गया हो। चन्द्रिका को पास खड़ा देखकर मैं समझ गया।

कुछ देर बाद सासुजी भीतर गयीं। मैं निश्चय कर लेने के विचार से बाहर निकला। पीछे-पीछे चन्द्रिका भी आया। फाटक के बाहर आकर मुझे पकड़कर रोने लगा। कहा, "बाबा, मैं न रहूँगा।"

मैंने कहा, "अरे चन्द्रिका, इतनी जल्दी ऊब गए ? अभी कुछ दिन रूह की मालिश तो करो।"

चन्द्रिका ने रोनी आवाज में सासुजी की प्रश्नावली और अपने उत्तर सुनाए। मेरे होश उड़ गए। बड़ी लज्जा लगी। लेकिन उपाय न था।

हार खाने पर चिढ़ हुई। मन ने कहा, "क्या बिगाड़ लेंगे ? वे सभ्य आदमी ही नहीं हैं। होते, तो नौकर से भेद न लेते

फिरते। इसी वक्त पूरी लापरवाही से रूह की मालिश कराओ। इन्हें समझा दो कि तुम देहात के रहनेवाले ऐरे-गैरे नहीं हो। तुम्हारी दूसरी ही बातें हैं।'

मन में आते ही मैं फाटक के भीतरवाले आँगन में गया, और चारपाई पर चन्द्रिका को दरी बिछाने के लिए कहा। सासुजी मेरी बिगड़ी मुद्राएँ कुछ देर तक देखती रहीं, फिर चुपचाप भीतर चली गईं। चन्द्रिका ने दरी बिछाई, रूह की शीशी ले आया। मैं चित लेट गया, और छाती दिखाकर कहा, ''यहाँ लगाओ।''

चन्द्रिका ने रूह और तेल में भेद नहीं किया। बीस रुपए की रूह एक साथ गदोरी में लेकर छाती में थपथपाया। फिर कहा, ''लेकिन बाबा, इतनी ही है, इससे क्या होगा ?''

एक दफा मेरा जी छन्न से हुआ कि इसने बीस की मत्थे दी; पर साँस साधे पड़ा रहा कि कुछ कहूँगा तो अशिष्टता होगी। रूह की खुशबू चारों तरफ उड़ चली। ससुरजी सूँघते-सूँघते बाहर निकल आए, और सूँघते और आँखें तिलमिलाते हुए बोले, ''अरघानें उठ रही हैं, बच्चा !''

मैंने आवाज दी। उन्होंने खुश होकर कहा, ''इतना अतर-फुलेल न लगाया करो, हूरें पकड़ती हैं,'' कहकर प्रसन्न होकर चले गए।

सुगन्ध भीतर तक आफत कर रही थी। सासुजी बाहर निकलीं। चन्दिका तल्लीन होकर तेल की-जैसी मालिश कर रहा था। सासुजी कुछ देर तक देखती रहीं। फिर पूछा, ''इत्र है ?''

मैंने गम्भीर होकर कहा, ''रूह !''

सासुजी चौंकीं। पूछा, ''कितने की है ?''

मैंने गम्भीर शालीनता से कहा, ''बीस रुपए की।''

सासुजी देर तक विस्मय की दृष्टि से देखती रहीं। फिर पूछा, ''ऐसी मालिश कितने-कितने दिन बाद करते हो ?''

मैंने वैसे ही उदात्त स्वर से उत्तर दिया, ''एक-एक दिन का अन्तरा देकर।''

सासुजी फिर थोड़ी देर तक देखती रहीं, और एक लड़की की तरह पूछा, ''इससे क्या होता है ?''

मैंने कहा, ''सीना तगड़ा होता है।''

मेरा सीना बचपन से चौड़ा था। सासुजी ने विश्वास कर लिया। कुछ देर तक स्तब्ध भाव से खड़ी रहकर अत्यन्त स्वाभाविक स्वर से पूछा, "तुम्हारे पिताजी तनख्वाह कितनी पाते हैं ?"

इसका उत्तर बड़ा अपमानजनक था, पिताजी की तनख्वाह बहुत थोड़ी थी, किसी भली जगह किसी तरह कहने लायक नहीं। पर जहाँ विश्व का ऐश्वर्य झूठ है, वहाँ झूठ का हिसाब लगाना भी किसी सत्य की शक्ति की बात नहीं। सही बात को दबाकर गले में खूब जोर देकर कहा, "पिताजी की आमदनी की कितनी सूरतें हैं, क्या कहूँ, ? उनकी आमदनी कब कितनी हो जाएगी, कहाँ से, कैसे, किससे—यह वही नहीं बता सकते।"

उत्तर सुनकर सासुजी एकाएक रोने लगीं, कुछ देर रोकर स्वयं ही भाव स्पष्ट किया, "जो बाप अपने बेटे के लिए रोज मालिश में बीस रुपए की रूह खर्च करता है, वह अपनी बहू के लिए बीस सौ का चढ़ावा भी नहीं लाता ! अरे राम रे ! मुझे क्या हो गया, जो मैंने शादी कर दी।"

मुझे एक आश्वासन मिला कि पहली बात दब गई। रूह सूख चुकी थी, चन्द्रिका रगड़-रगड़कर आग निकाल रहा था। मैंने मालिश बन्द करा दी।

घर में सन्नाटा था, जिसे 'मसा नहीं भन्नाय' कहा है। देर तक भोजन के लिए बुलावा न आया। बैठा 'चर्पट-पंजरिका' के घोखे श्लोक याद करता रहा। बिलकुल विरोधाभास—एक दिन में यह हाल, तो पूरी गवहीं कैसे पार होगी ? साले साहब, जो इस समय कई बच्चों के बाप हैं, तब मुश्किल से चार साल के थे। एकाएक चिल्लाकर रो उठे। चन्द्रिका झपकियाँ ले रहा था, सोचा—खाने का बुलावा है, सजग होकर सुनने लगा, फिर वीतश्रद्ध होकर हाथों से घुटने बाँधे।

मैंने पूछा, "चन्द्रिका, कैसा लग रहा है ?"

चन्द्रिका ने कहा, "बाबा, घर में भोजन कर अब तक एक नींद सो चुकता था।"

मैंने कहा, "यहाँ भोजन भी तो अनेक प्रकार के मिलते हैं।"

चन्द्रिका ने ऊँघते हुए कहा, "तेल और निमक-मिली जव-चनी की रोटी का स्वाद यहाँ नहीं मिलता।"

इसी समय सासुजी का नौकर आया, और बड़े गम्भीर स्वर से आवाज दी, "भोजन तैयार है।"

भोजन के समय बिलकुल सन्नाटा। एक-एक साँस गिनी जा सकती थी। कोई किसी से बोलता न था। मैं निरपेक्ष भाव से भोजन कर हाथ-मुँह धोकर, अपने शयन-कक्ष में जाकर लेटा।

घर-भर का भोजन हो जाने पर कल की तरह आज भी श्रीमतीजी आईं। लेकिन गति में छन्द नहीं बजे। पान दिया, पर दृष्टि में वह अपनापन न था। मैं एक तरफ हट गया। उनकी आधी जगह खाली कर दी। बेमन पैर दबाकर वह लेटीं। उनका मनोभाव आज क्यों ऐंठ गया, कुछ-कुछ मेरी समझ में आया। पर चुपचाप पड़ा रहा। सोचा, कमजोर दिल अपने-आप बोलना शुरू करता है। अन्दाजा ठीक लड़ा। कुछ देर तक चुपचाप पड़ी रहकर उन्होंने कहा, "इत्र की इतनी तेज खुशबू है कि शायद आज आँख नहीं लगेगी।"

मैंने कहा, "अनभ्यास के कारण। एक कहानी है, तुमने न सुनी होगी। एक मछुआइन थी। एक दिन नदी-किनारे से घर आते रात हो गई। रास्ते में राजा की फुलवाड़ी मिली, उसमें एक झोंपड़ी थी, वहीं सो रही। फूलों की महक से बाग गमक रहा था। मछुआइन रह-रहकर करवट बदल रही थी। आँख नहीं लग रही थी। फूलों की खुशबू में उसे तीखापन मालूम दे रहा था। उसे याद आई, उसकी टोकरी है। वह मछलीवाली टोकरी सिरहाने रखकर सोई, तब नींद आई।

श्रीमतीजी गर्म होकर बोलीं, "तो मैं मछुआइन हूँ ?"

"यह मैं कब कहता हूँ," मैंने विनयपूर्वक कहा, "कि तुम पण्डिताइन नहीं, मछुआइन हो; मैंने तो एक बात कही, जो लोगों में कही जाती है।"

श्रीमतीजी ने बड़ी समझदार की तरह पूछा, "तो मैं भी मछलियाँ खाती हूँ ?'

मैंने बहुत ठण्डे दिल से कहा, "इसमें खाने की कौन-सी बात है ? बात तो सूँघने की है। अपने बाल सूँघो, तेल की ऐसी

चीकट और बदबू है कि कभी-कभी मुझे मालूम देता है कि तुम्हारे मुँह पर कै कर दूँ।"

श्रीमतीजी बिगड़कर बोलीं, "तो क्या मैं रण्डी हूँ, जो हर वक्त बनाव-सिंगार के पीछे पड़ी रहूँ?"

"लो," मैंने बड़े आश्चर्य से कहा, "ऐसा कौन कहता है, लेकिन तुम बकरी भी तो नहीं हो कि हर वक्त गँधाती रहो, न मुझे राजयक्ष्मा का रोग है, जो सूँघने को मजबूर होऊँ।"

श्रीमतीजी जैसे बिजली के जोर से उठकर बैठ गईं। बोलीं, "तुम्हारी ऐसी ही इच्छा है, तो लो, मैं जाती हूँ।"

सिर्फ मेरे जवाब के लिए जैसे रुकी रहीं।

मैंने बड़े स्नेह के स्वर से कहा, "मेरी अकेली इच्छा से तो तुम यहाँ सोतीं नहीं, तुम अपनी इच्छा की भी सोच लो।"

श्रीमतीजी ने जवाब न दिया, जैसे मैंने बहुत बड़ा अपमान किया हो, इस तरह उठीं, और दरवाजा खुले छोड़कर चली गईं।

मैंने मन में कहा, 'आज दूसरा दिन है।'

रात

सवेरे जब जगा, तब घर में बड़ी चहल-पहल थी। साले साहब रो रहे थे। सासुजी ने मारा था। ससुरजी खुड्डी में गिर गए थे, नौकर नहला रहा था। घर में तीन जोड़े बैल घुस आए थे। श्रीमतीजी लाठी लेकर हाँकने गई थीं, एक के ऐसी जमाई कि उसकी एक सींग टूट गई। ज्योतिषीजी बुलाए गए कि बतलाएँ, इसका क्या प्रायश्चित्त है। महरी पानी भरने गई थी, रस्सी टूट जाने के कारण पीतल का घड़ा कुएँ में चला गया था। घर का पानी खत्म हो आया था। दूसरी रस्सी न होने के कारण पानी भरना बन्द था। पड़ोस में सवेरे रस्सी मिली नहीं। लोगों ने कहा, "हमारा पानी भर जाए, तब ले जाओ।" चन्द्रिका सवेरे से लापता था। जब मेरी आँख खुली, तब सुना, सासुजी कह रही हैं, "जब बिपत आती है, तब एकसाथ आती है।"

मुझे इसकी अँगरेजी उक्ति मालूम थी। समझा, उठने के साथ सासुजी श्रीमतीजीवाली घटना पर मुझी को सुनाकर कह रही हैं। जमकर धीरे-धीरे उठा। घर में जितने थे, सभी व्यस्त थे।

क्रमशः एक-एक दुर्घटना मालूम होती गई। चन्द्रिका का पता न था। ससुरजी को साफ कर जब उनका नौकर आया, उसने कहा, "चन्द्रिका ने कहा है, मैं गाँव जा रहा हूँ, पैसे पास नहीं हैं, रेल की पटरी-पटरी चला जाऊँगा, रास्ता नहीं जाना, बाबा चिन्ता न करें, कहकर नहीं जा रहा, क्योंकि बाबा नहीं छोड़ेंगे।" फिर उसने अपनी तरफ से कहा कि मुझसे कह गया है कि मैं किसान आदमी हूँ, मेरी नौकरी न रहेगी, तो मुझे इसकी चिन्ता नहीं, किसानी और मजदूरी कर खाऊँगा।

मैं समझ गया, रात से ही वायुमण्डल बिगड़ा है, सवेरे किसी ने उससे कुछ कहा होगा। ज्यादा शंका मुझे श्रीमती पर हुई। मैंने पूछा, "जब बैल की सींग तोड़ी गई थी, तब चन्द्रिका था या नहीं ?"

नौकर ने इशारे से सिर हिलाकर कहा, "हाँ।"

शृंग-भंग-शान्ति की बातचीत हो रही थी कि आठ का वक्त हो गया। मुझे मित्रवर कुल्ली की याद आई। तैयार होकर बाहर निकला। कुएँ के पास भरा घड़ा लिए एक युवती मिली। सगुन देखकर मन प्रसन्न हो गया। कुछ आगे बढ़ने पर दुहकर छोड़ी हुई गाय बछड़े को पिलाती हुई मिली। मेरी चाल और तेज हुई। कुछ लोग बड़े रास्ते पर मिले; मुझे देखकर तारीफ करने लगे—डील-डौल, चाल-चलन की। मैं संयत मुद्रा से पैर बढ़ाए कुल्ली के घर की तरफवाले रास्ते को बढ़ा। देखा, कुल्ली रास्ते पर खड़े थे। देखने के साथ पूरी स्वतन्त्रता से कदम उठाते हुए मथुरा में नादिरशाह की सेना की तरह, मेरी तरफ बढ़े, जैसे मित्र के भी देश पर पूरी विजय पा ली है। मुझे भरा घड़ा मिला ही था, भरे हृदय से मैं कुल्ली को देख रहा था।

कुल्ली हृदय से लिपट गए, "आओ, आओ।" मुझे मालूम हुआ, गंगा और यमुना का संगम है।

कुल्ली बड़े आदर से मुझे अपने घर ले गए। एक बड़ा आईना चारों ओर तीन-लड़ माला से सजा था। मेरे जाने के साथ-ही-साथ पकड़कर सामने जाकर खड़े हुए। मैंने देखा, बिना माला पहने हम दोनों माला पहने हुए हैं। कुल्ली की कला पर जी मुग्ध हो गया। कुल्ली आईने में ही मुझे देखकर हँसे। देखकर मैं

भी मुस्कुराया। कुल्ली बहुत प्रसन्न होकर बोले, "अच्छा।"

फिर जल्दी-जल्दी भीतर एक कमरे में गए, और मिठाई की तश्तरी उठा लाए। पलँग के सामने एक ऊँची चौकी रखी थी, उस पर रख दी। फिर जल-भरा लोटा और गिलास वहीं रख दिया, और मुझसे बड़े विनय के स्वरों से खाने के लिए कहा।

मैं खाने लगा। कुल्ली विनीत चितवन से मेरा खाना देखते रहे। भोजन समाप्त होने पर उन्होंने हाथ धुलाया-पोंछाया। फिर पान दिया।

पान खाकर मैं पलँग पर बैठा। बड़ा सुन्दर पलँग। सुन्दर गलीचा बिछा। कुल्ली ने इत्र की एक शीशी दिखाई। कहा, "मैंने मँगा लिया है। रूह नहीं, क्योंकि मालिश तो करनी नहीं।"

मैं अज्ञातयौवन युवक की तरह कुल्ली को देखने लगा। कुछ देर तक कुल्ली स्तब्ध रहे। मैंने देखा, कुल्ली का चेहरा बहुत विकृत हो गया है। मतलब कुछ मेरी समझ में न आया। कुल्ली अधीरता से एक दफा उचके, लेकिन उचककर वहीं रह गए। मैं सोच रहा था, इसे कोई रोग है। कुल्ली ने एक दफा भरसक प्रेम की दृष्टि से मुझे देखते हुए कहा, "तो मैं दरवाजा बन्द करता हूँ।"

लेकिन आवाज के साथ जैसे लरबराकर रह गए। कुल्ली से मुझे भय हुआ, इसलिए नहीं कि कुल्ली मेरा कुछ कर सकता है, बल्कि इसलिए कि कुल्ली के लिए जल्द डॉक्टर दरकार है। घबराकर मैंने कहा, "क्या डॉक्टर बुला लाऊँ?"

"ओह, तुम बड़े निठुर हो!" कुल्ली ने कहा।

मैं बैठा सोच रहा था कि कुल्ली की इस ऐंठन से मेरी निठुरता का क्या सम्बन्ध है। सोचकर भी कुछ समझ न पाया।

कुल्ली एकाएक उचके, अबके भरसक जोर लगाकर, यह कहते हुए, "मैं जबरदस्ती..."

मुझे हँसी आ गई, खिलखिलाकर हँसने लगा। कुल्ली जहाँ थे, वहीं फिर रह गए। और, वैसे ही कुएँ में डूबे हुए जैसे कहा, "मैं तुम्हें प्यार करता हूँ।"

मैंने कहा, "प्यार मैं भी तुम्हें करता हूँ।"

कुल्ली सजग होकर तन गए। कहा, "तो फिर आओ।"

मेरी समझ में न आया कि कुल्ली मुझे बुलाते क्यों हैं। मैंने कहा, "आया तो हूँ।"

कुल्ली ने मुझसे पूछा, "तो क्या और कहीं भी नहीं... ?"

बात एक भी मेरी समझ में ज्यों-ज्यों नहीं आ रही थी, त्यों-त्यों गुस्सा बढ़ रहा था। बोला, "साफ-साफ कहो, क्या कहते हो ?"

कुल्ली पस्त, जैसे लत्ता हो गए।

"अच्छा, नमस्कार," कहकर मैं बाहर निकला। वह रूप मुझे बिलकुल पसन्द नहीं, इतना ही समझा।

कुल्ली की पहली मुलाकात का अन्त हुआ। मैं घर आया। मेरी तरफ से चारों ओर सन्नाटा, जैसे होकर भी न होऊँ। सबको सविनय अवज्ञा करते देखकर मुझे पिताजी की याद आई। मालूम हुआ, पिताजी बहुत अभिज्ञ मनुष्य हैं। उन्होंने ससुरजी की चाल का एक वाक्य में जवाब दिया, और यहाँ का सारा वायुमण्डल घहरा उठा; मैं ऐसा हूँ कि वाक्य पर वाक्य चढ़ते हैं, मैं जवाब नहीं दे पाता।

बिलकुल व्यवहार की वाणी में सासुजी ने पूछा, "भैया, कहाँ गए थे ?"

मैंने उस समय झूठ बोलना पाप समझा। कहा, "कुल्ली के यहाँ।" अधिक बढ़ाकर कहना भी उचित नहीं मालूम दिया।

सासुजी मुँह की ओर देखकर रह गईं। शाम से ही वह निःशंक थीं। श्रीमतीजी के उठ जाने के बाद से तो शंका का लेश न रह गया था। सवेरे से निःशंकता के निर्भय आचरण भी शुरू हो गए थे। मेरे जाने तक गति में चारुता आने लगी थी।

मैंने सोचा, हौसला तोड़ दिया जाए। चन्द्रिका के चले जाने से मैं लँगड़ा हो गया हूँ। कहा, "बैल की सींग ही नहीं तोड़ी गई, मेरा पैर भी तोड़ा गया है। बैल की सींग के लिए तो प्रायश्चित्त किया-कराया, मेरे पैर के लिए क्या इलाज सोचा है ?"

सासुजी पैर पकड़कर बैठ गईं, "कहाँ, देखूँ ?"

मैंने कहा, "अपनी बेटी को बुलाइए।"

सासुजी ने कहा, "बिटिया, रात को पैर दबाने के वक्त तुमने भैया की नस तिड़का दी है ? यहाँ आओ। हमसे यह

क्यों नहीं कहा ?''

''कहाँ ?'' शंकित दृष्टि से देखती हुई श्रीमतीजी आईं।

फुटबॉल खेलते-खेलते मेरे दाहिने अँगूठे में गुम्मड़ पड़ गया था, बाएँ हाथ से दाहिना अँगूठा मोटा मालूम देता है। सासुजी को कुछ नजर न आया, मोटा अँगूठा देख पड़ा, तो पकड़कर कहा, ''यह है ?'' फिर स्वगत कहा, ''यही होगा।'' फिर अपनी बेटी से बोलीं, ''देखो तो बिटिया, उससे मोटा जान पड़ता है न ?''

उनकी लड़की चिन्तित भाव से बोलीं, ''हाँ।'' फिर माँ की अनुवर्तिता की। वह भी पकड़कर देखने लगीं।

सासुजी ने कहा, ''क्यों भैया, हल्दी-चूना गर्म कर दें ?''

मैंने सोचा, जिसने पैर पकड़ा है, उसे माफ करना चाहिए। इस समय चन्द्रिका की बात रहने दी जाए। वैराग्य से कहा, ''रहने दीजिए।''

बड़े स्नेह से सासुजी ने कहा, ''नहीं, रहने क्या दिया जाए ? जाओ तो बिटिया, हल्दी-चूना गर्म करो।''

मैं, जो सुलह हो जाए जंग होकर, सोच रहा था। इसलिए रहस्य को बाद में ही रहने दिया। श्रीमतीजी हल्दी-चूना गर्म करने लगीं।

आठ

दूसरे दिन रूह की मालिश के लिए कहने पर सासुजी ने कहा, "हमारे यहाँ रूह की मालिश नहीं चल सकती। हम इतने बड़े आदमी नहीं। कड़ुआ तेल लगाओ। खाया तो घी जाए, जो रुपए में सेर-भर मिलता है, और लगाई रूह, जो अस्सी रुपए तोले आती है?"

मैंने सोचा, अब गवहीं खत्म है। लेकिन श्रीमतीजी का आकर्षण जबरदस्त था। यद्यपि 'चर्पट-पंजरिका' स्तोत्र कई बार उन्हें सुना-सुनाकर पाठ किया, फिर भी वैराग्य की मात्रा श्रीमतीजी ने मुझमें कभी नहीं देखी। वह भी मेरे चारों ओर धोखा-ही-धोखा देखने लगीं। ललित कला-विधि में मैं कालिदास नहीं था, उन्होंने मेरा शिष्यत्व स्वीकार नहीं किया।

रुपए खत्म हो चुके थे। रूह अपनी गाँठ से नहीं मँगा सकता था। सासुजी इसी ताक में थीं, मैं कितने दफे मँगाकर मालिश कराता हूँ, देखें; मेरे पिताजी ने खर्च के रुपए दिए ही होंगे। हृदय में निश्चय था, सब झोल है। रूह की मालिश कराते

उन्होंने किसी बड़े रईस को भी नहीं देखा-सुना।

मेरा दम घुट रहा था। रह-रहकर मन में उठता था, पिताजी की तरह दूसरी शादी की बात कहूँ। लेकिन कुल्ली की तरह दिल से बैठ जाता था। यद्यपि वैराग्योद्दीपक 'का ते कान्ता कस्ते पुत्र' गाया करता था, फिर भी श्रीमतीजी दिल से अच्छी तरह जानती थीं, बिना कान्ता के एक रात इनकी पार नहीं हो सकती, और आधुनिक प्रेमियों की तरह जिस शब्द-श्वास से यह मुझसे पेश आते हैं, यह दूसरा विवाह हरगिज न करेंगे यानी मैं उन्हें छोड़ नहीं सकता। बात सही थी। दिन-भर विराग रहता था, रात को श्रीमतीजी को देखने के साथ अनुराग में परिणत हो जाता। श्रीमतीजी मौन साधे हुए अपने मनोभावों की मारें सहती थीं।

एक दिन मुझसे न रहा गया, हालाँकि इसलिए नहीं कि मैं श्रीमतीजी के मनोभाव समझता था, बल्कि इसलिए कि श्रीमतीजी मेरे अधिकार में पूरी तरह नहीं आ रही थीं, अर्थात् शिष्यत्व स्वीकार नहीं कर रही थीं। वह समझती थीं, मैं और जो कुछ जानता होऊँ, हिन्दी का पूरा गँवार हूँ, हिन्दी का वैसा गँवार नहीं, जैसा पढ़े-लिखे सैकड़ा पीछे निन्यान्नबे होते हैं—बिलकुल ठोस मूर्ख। मुझे श्रीमतीजी की विद्या की थाह नहीं थी।

एक दिन बात लड़ गई। मैंने कहा, "तुम हिन्दी-हिन्दी करती हो, हिन्दी में क्या है ?"

उन्होंने कहा, "जब तुम्हें आती ही नहीं, तब कुछ नहीं है।"

मैंने कहा, "हिन्दी मुझे नहीं आती ?"

उन्होंने कहा, "यह तो तुम्हारी जबान बतलाती है। बैंसवाड़ी बोल लेते हो, तुलसीकृत रामायण पढ़ी है, बस। तुम खड़ी बोली का क्या जानते हो ?"

तब मैंने खड़ी बोली का नाम भी नहीं सुना था। पं महावीरप्रसादजी द्विवेदी, पं. अयोध्यासिंहजी उपाध्याय, बाबू मैथिलीशरणजी गुप्त आदि तब मेरे लिए स्वप्न में भी नहीं थे, जैसे आज हैं। श्रीमतीजी पूरे उच्छ्वास से खड़ी बोली के ऐसे धुरन्धर साहित्यिकों के बीसियों नाम गिनाती गईं; जैसे लेख में उद्धरण पर उद्धरण देखकर पाठक लेखक की विद्वत्ता और विचारों

की उच्चता पर दंग हो जाता है, वैसे ही मैं भी खड़ी बोली के साहित्यिकों के नाम-मात्र से श्रीमतीजी की खड़ी बोली के ज्ञान पर जहाँ का वहीं रह गया। अब समझता हूँ, 'सहस्रनाम' का प्रभाव इतना क्यों है।

मैंने निश्चय किया कि अब यहाँ मेरी दाल न गलेगी। पाँच-छह रोज हो गए। रूह की मालिश नहीं कराई। सासुजी जैसे दिन गिन रही थीं, इधर श्रीमतीजी की खड़ी बोली का ज्ञान दिन-पर-दिन गालिब हो रहा था। सोचा, घर चला जाऊँगा। लेकिन मारे प्रेम के स्टेशन की तरफ देखने की इच्छा नहीं होती थी। इसी समय किसी एक उपलक्ष्य में गाने का आयोजन हुआ। सासुजी ने एक दिन अपनी पुत्री के संगीत की तारीफ की थी। कहा था, ''शहर में कोई लड़की और औरत मुकाबला नहीं कर सकती।'' मैंने सोचा, आज सुन लूँगा, चलते-चलते श्रवण-रन्ध्र सार्थक हो जाएँगे। मजलिस लगी। ढोलक बजने लगी, लेकिन औरतों की जैसी 'उदुम-धुसुक, उदुम-धुसुक' नहीं। मैंने सोचा, कुछ आनन्द आएगा—'टिकारा वदन्ति ?' पुरुष भी जमने लगे। मनचले, कुछ नहीं, तो दूसरे की औरत का हाथ-पैर ही देख लेनेवाले। भीतर से पान आने लगे। पान-तम्बाकू खाकर एक-एक पीक थूकते हुए घर भ्रष्ट करनेवाले औरतों की आलोचना करने लगे। गाना शुरू हुआ। श्रीगणेश गजलों से। जो औरत गजल गाना नहीं जानती, उसकी आफत। गजल गानेवालियों से प्रभावित अक्सर गजल न जाननेवाली पुरानी वृद्धाएँ थीं, भजन गानेवाली; उन पर नवीनाओं का वैसा ही रोब था, जैसा आजकल साहित्य और समाज में देखा जाता है।

मुझे ताज्जुब यह था कि अँगरेजों के वक्त ही अँगरेजी इतना अपना ली गई कि चाल-ढाल, बातचीत, अदब-कायदा, खान-पान, उठक-बैठक, हेत-व्यवहार, यहाँ तक कि राजनीतिक विचारों तक में अपना ली गई, और इतनी जल्दी; पर मुसलमानों के वक्त फारसी और हाफिज की गजलों के लिए हमारी देवियों ने इतनी देर क्यों की, जिस तरह आज की बी.ए. पास देवी धड़ल्ले से घूमती है, अँगरेजी बोलती है, यूरोप में कोर्टशिप करती है, पियानो बजाती है, और पिछड़ी हुई देश की स्त्रियों को शिक्षा

देती है, उसी तरह हमारी प्राचीनाओं ने गजलों को क्यों नहीं अपनाया ? चाहिए तो यह था कि अपनी सांस्कृतिक विभूति अपनी बेटियों को देतीं। मालूम हुआ कि वे विचारों में मार्जित और उदार नहीं थीं, इसलिए उनका सांस्कृतिक हाजमा बिगड़ा था। यह बात राजा राममोहनराय को सबसे पहले मालूम हुई। खैर, अँगरेजी अज्ञेयों का उद्धार करे; मैं तन्मय होकर गजलें सुनने लगा।

गाने के साथ-साथ बाहर आलोचना भी चलने लगी—कौन गा रही है, यानी गाना उठाया हुआ किसका है, यों साथ-साथ कितने ही मँजे और नौसिखिए गले चलते थे। लोग गजलों और गजल गानेवालियों को चाहते थे। उनके नमक के कारण, पर उनके चरित्र से उन्हें घृणा थी। अब तक श्रीमतीजी कवि-सम्मेलन के बड़े कवि की तरह बैठी थीं। मुझे नहीं मालूम था कि लोग एक के बाद दूसरे उन्हीं के लिए टूटे रहे हैं। खैर, उन्होंने गाया। गनीमत यह कि पहले भजन गाया, वह भी साहित्यिक गीतों का शिरोभूषण—*'श्रीरामचन्द्र कृपालु भजु मन हरण भवभय दारुणम्।'* लोग साँस रोककर सुनने लगे। *'कन्दर्प अगणित-अमित-छवि-नवनील-नीरज-सुन्दरम्'* की जगह जान पड़ने लगा, गले में मृदंग बज रहा है। मेरा दम उखड़ गया। यह इतनी हैं, बंगाल से पाए संस्कार के प्रकाश में मैं न देख पाया।

इसके बाद एक गजल हुई—'अगर है चाह मिलने की, तो हरदम लौ लगता जा।' यह त्याग की बारूद भड़की, तो लोगों में प्रेम पैदा हो गया, बिना जनेऊ तोड़े, न जाने क्यों ? एक-दूसरे से कनखियों से बातें करने लगे। मैंने सोचा, यह मेरे प्रेम पर हैं, पर फिर शंका हुई, क्योंकि मैं मिल चुका था। लोग मुस्कुराते हुए अपने-अपने प्रेम की थाह ले रहे थे।

इसके बाद दादरा शुरू हुआ :

'सासुजी का छोकड़ा, मेरी ठाढ़ी पे रख दिया हाथ।
बहुत गम खा गई, नहीं चाँटे लगाती दो-चार।'

एक श्रोता बहुत बिगड़े। बोले, "अपने मर्द को चाँटे लगातीं ? वैसा ही मर्द होगा।"

उन्हें यह खयाल नहीं था कि उनका मर्द सामने बैठा है।

दूसरे ने मेरी तरफ देखकर मुस्कुराकर कहा, "यह मर्द के लिए नहीं, देवर के लिए है। सासुजी का छोकड़ा देवर भी हो सकता है।"

तीसरे ने कहा, "देवर तो है ही।" मेरी जान में जान आई।

कुछ देर और होकर गाना बन्द हुआ। लोग जम्हाई ले-लेकर उठे। स्त्रियाँ भी एक-एक कर निकलने लगीं। थोड़ी देर में घर अपने ही लोगों का रह गया। श्रीमतीजी का गाना अच्छा, हिन्दी अच्छी। मेरी इन दोनों विषयों की ताली तब तक नहीं खुली। संसार में हारने की-सी लाज नहीं, स्त्री सृष्टि की सबसे बड़ी हार है, पुरुष की जीत की सबसे बड़ी प्रमाण-प्रतिमा, इससे मैं हारा। एकान्त में पिताजी को एक चिट्ठी लिखी : 'मैं कलकत्ता जा रहा हूँ, लिखने-पढ़ने का नुकसान हो रहा है। आप जब चाहें, पानी बदलकर आएँ; मैं प्रसन्न हूँ, यहाँ कुशल है।' चिट्ठी डाकखाने छोड़ी और बिस्तरा बाँधकर तैयार होने लगा।

सासुजी ने पूछा, "भैया, बिस्तरा क्यों बाँध रहे हो ?"

मैंने कहा, "कलकत्ता जा रहा हूँ।"

सासुजी का रंग उड़ गया। गाने के बाद अपनी लड़की की गलेबाजी पर मुझसे राय लेनेवाली थीं, एकाएक हौसला जाता रहा। कहा, "बाँधना-खोलना हमारा काम है, नौकर है, कलकत्ता अभी कैसे जा सकते हो ? तुम्हारे पिताजी भी क्या कहेंगे ? यहाँ के लोग समझेंगे—दामाद गवहीं आया था, हफ्ते से ज्यादा न रख सकीं, हमारी बेइज्जती होगी।"

मैंने कहा, "बेइज्जती एक ही ओर की रहने दी जाए।"

सासुजी ने कहा, "तुम्हारी कैसी बेइज्जती ?"

"अपनी बेइज्जती की बात कोई अपनी जबान से नहीं कहता," मैंने कहा।

सासुजी सोचकर जैसे समझ गईं, यानी कुल्लीवाली बात के लिए उन्होंने सोचा कि वे लोग समझ गए, यह मुझे मालूम हो गया है। बोलीं, "मैंने तो बहुत पहले तुम्हें मना किया था कि कुल्ली का साथ अच्छा नहीं।"

मैंने कहा, "कुल्ली का साथ अच्छा नहीं या आपकी बेटी का, यह सब रहने दीजिए।"

मैंने तो सीधे ढंग से कहा था, लेकिन सासुजी एकाएक उच्च स्वर से रोने लगीं। उनके साथ उनकी बेटी भी, छोटी होने के कारण मन्द स्वर से। भगवान जाने इस बीच पिताजी के लिए क्या सोचा हो! घबराकर बोलीं, "मेरी बेटी तो भैया, तुम्हें भगवान मानती है। रात का वक्त है, झूठ नहीं कहूँगी, सामने आग जल रही है, मेरे मुँह में आग लगे, तुम कहो तो मेरी लड़की तुम्हारी बात पर अंगार खा सकती है। और, आज ही गाँव-भर की औरतें आई थीं, उसी की वाहवाही रही, हर बात पर, यों चाहे, जो कहो।"

"इसी के लिए तो जा रहा हूँ," मैंने कहा।

सासुजी चौंकी हुई देखने लगीं। मैं फिर बिस्तरा बाँधने लगा।

ससुराल में बिस्तरा बाँधना नाराजगी का कारण है। सासुजी के मन में आया—रूह नहीं मँगाई गई, इसलिए जा रहे हैं। बोलीं, "दाम नहीं थे, इसलिए रूह नहीं मँगाई, कल वह भी आ जाती है।"

मैंने कहा, "वह तो बाहरी रूह है, यहाँ भीतरी फ़ना है।"

सासुजी प्रश्न-भरी चिन्तित दृष्टि से देखती रहीं।

मैंने कहा, "पढ़ाई पड़ी है। फिर तैयारी न कर पाऊँगा।"

आश्वस्त होकर सासुजी ने नौकर को बुलाया। उसे बिस्तरा बाँधने के लिए कहा। मुझसे सस्नेह बोलीं, "कलकत्ता जा रहे हो, ऐ, मैंने सोचा था, कलकत्ते का बहाना है, घूमकर फिर गाँव जाओगे, और गाँव में जबकि प्लेग है, और...कलकत्ता पढ़ाई के लिए जा रहे हो, हाँ, आगे की फिकिर तो करनी ही है।"

बिस्तरा बँध गया। ताँगा आया। रायबरेलीवाली गाड़ी के समय पर सासु और ससुरजी के पैर छूकर मैं बिदा हुआ।

नौ

पाँच साल बीत गए। कुल्ली मुझसे नहीं मिले, कई बार ससुराल गया-आया। मैं भी नहीं मिला। एक आग दिल में लगी थी—मैंने हिन्दी नहीं पढ़ी। बंगाल में हिन्दी का जानकार नहीं था, जहाँ मैं था—देहात में। राजा के सिपाही जो हिन्दी जानते थे, वह मुझे मालूम थी—ब्रजभाषा। खड़ी बोली के लिए अड़चन पड़ी। तब हिन्दी की दो पत्रिकाएँ थीं—'सरस्वती' और 'मर्यादा'। दोनों मँगाने लगा। 'सरस्वती' चेहरे की भी सरस्वती थी, 'मर्यादा' अमर्यादा। पढ़कर भाव अनायास समझने लगा। पर लिखने में अड़चन पड़ती थी। ब्रजभाषा या अवधी, जो घर की जबान थी, खड़ी बोली के व्याकरण से भिन्न है। 'उइ कहेन' और 'उन्होंने कहा' एक नहीं। यह 'ने' खटकता था। जो केवल भारतीय संस्कृति के शिक्षित हैं, उनके लिए 'ने' शूल है। 'ने' के प्रयोग भी मालूम न थे। लेकिन मिहनत सबकुछ कर सकती है। मैं रात दो-दो, तीन-तीन बजे तक 'सरस्वती' लेकर एक-एक वाक्य संस्कृत, अँगरेजी और बंगला-व्याकरण के अनुसार सिद्ध करने

लगा। जहाँ 'कहा', 'कहे', 'कही' क्रिया के प्रयोग आते थे, वहाँ गौर के कारण की तलाश करने लगा। यह संस्कृत, अँगेरजी और बंगला-व्याकरण में नहीं। मुझे कारण भी मिला। वह आनन्द कारण की प्राप्ति के बाद जो हुआ, ब्रह्मानन्द से कम नहीं कहा जा सकता।

ऐसी अनेक और अड़चनें पार कीं। आचार्य द्विवेदीजी को गुरु माना; लेकिन शिक्षा अर्जुन की तरह नहीं—एकलव्य की तरह पाई। व्याकरण की शिक्षा पूरी करने से पहले 'जुही की कली' लिखी थी, जो व्याकरण की दृष्टि से बाद को पूरी उतरी। जिस तरह संसार के बड़े-बड़े कवियों के लिए कहा जाता है कि सात-आठ साल की उम्र से कविता लिखने लगे थे, उसी तरह अल्पबुद्धि मैं भी लिखने लगा था। लेकिन तब, बंगला में लिखता था। 'दरिद्राणां मनोरथः' जैसे वे भी उठकर, कागज की पंक्तियों में लिखकर, अज्ञात के हृदय में मिल गईं। उनका कोई चिह्न शेष नहीं। सोलह-सत्रह साल की उम्र से भाग्य में जो विपर्यय शुरू हुआ, वह आज तक रहा। लेकिन मुझे इतना ही हर्ष है कि जीवन के उसी समय से मैं जीवन के पीछे दौड़ा था, जीव के पीछे नहीं। इसीलिए शायद बच जाऊँगा। जीव के पीछे पड़नेवाला बड़े-बड़े मकान, राष्ट्रचमत्कार और जादू से प्रभावित होकर जीवन से हाथ धोता है, जीवन के पीछे चलनेवाला जीवन के रहस्य से अनभिज्ञ नहीं होता, अस्तु।

मकतब की शिक्षा अर्थकरी समझकर मैंने छोड़ दी थी; तब 'अर्थ' का व्यापक अर्थ मुझे मालूम नहीं था। इसीलिए जड़ार्थ से मेरा हमेशा छत्तीस का सम्बन्ध रहा। लेकिन विशाल 'अर्थ' जिसके लिए, जिसे न जानकर भी, मैंने अर्थकरत्व छोड़ा था, मेरे विशाल-हृदय मित्रों से मुझे प्राप्त होता रहा। पर जब की बात लिख रहा हूँ, तब मैं उसी एस्टेट में एक मामूली नौकर हुआ। चिट्ठी-पत्री, हिसाब-किताब अच्छा नहीं लगता था। पर लाचारी थी, इसी समय राजा साहब को अपना थिएटर खोलने का शौक हुआ। बड़े आदमी की इच्छा अपूर्ण नहीं रहती। कचहरी के बाबू नायक-नट बनने के लिए बुलाए गए। सबके साथ मैं भी गया। मुझे एक बहुत मामूली संस्कृत का गाना दिया गया, इसलिए कि

बंगालियों में अधिकांश संस्कृत का शुद्ध उच्चारण नहीं कर सकते।

मैंने श्लोक याद कर रिहर्सल के दिन गाया। राजा साहब पर उसका बहुत प्रभाव पड़ा। उन्होंने मेरे लिए गाना सीखने का प्रबन्ध कर दिया। धीरे-धीरे कला की कृपा से मेरी लोकप्रियता बढ़ चली, साथ दूसरों की ईर्ष्या भी।

इसी समय इनफ्लुएंजा का प्रकोप हुआ। पिताजी एक साल पहले गुजर चुके थे। इसीलिए नौकरी की थी। नहीं तो हर लड़के की तरह दुनिया को सुखमय देखते रहने के स्वप्न लिए रहता; कम-से-कम लिए रहूँगा, यही सोचता था।

तार आया—'तुम्हारी स्त्री सख्त बीमार है, अन्तिम मुलाकात के लिए आओ।' मेरी उम्र तब बाईस साल थी। स्त्री का प्यार उसी समय मालूम दिया, जब वह स्त्रीत्व छोड़ने को थी। अखबारों से मृत्यु की भयंकरता मालूम हो चुकी थी। गंगा के किनारे आकर प्रत्यक्ष की। गंगा में लाशों का ही जैसे प्रवाह हो। ससुराल जाने पर मालूम हुआ, स्त्री गुजर चुकी है; दादाजाद बड़े भाई देखने के लिए आकर बीमार होकर घर गए हैं। मैं दूसरे ही दिन घर के लिए रवाना हुआ। जाते हुए रास्ते में देखा, मेरे दादाजाद बड़े भाई साहब की लाश जा रही है। रास्ते में चक्कर आ गया। सिर पकड़कर बैठ गया।

घर जाने पर भाभी बीमार पड़ी दिखीं। पूछा, "तुम्हारे दादा को कितनी दूर ले गए होंगे ?" मैं चुप हो गया। उनके चार लड़के और एक दूध-पीती लड़की थी। उस समय बड़ा लड़का मेरे साथ रहता था, बंगाल में पढ़ता था। घर में चाचाजी अभिभावक थे। भाई साहब की लाश निकलने के साथ चाचाजी भी बीमार पड़े। मुझे देखकर कहा, "तू यहाँ क्यों आया ?"

पारिवारिक स्नेह का वह दृश्य कितना करुण और हृदयद्रावक था, क्या कहूँ ! स्त्री और दादा के वियोग के बाद हृदय पत्थर हो गया। रस का लेश न था। मैंने कहा, "आप अच्छे हो जाएँ, तो सबको लेकर बंगाल चलूँ।"

उतनी उम्र के बाद यह मेरा सेवा का पहला वक्त था। तब से अब तक किसी-न-किसी रूप से फुर्सत नहीं मिली। दादा के

गुजरने के तीसरे दिन भाभी गुजरीं। उनकी दूध-पीती लड़की बीमार थी। रात को उसे साथ लेकर सोया। बिल्ली रात-भर आफत किए रही। सुबह उसके प्राण निकल गए। नदी के किनारे उसे ले जाकर गाड़ा। फिर चाचाजी ने प्रयाण किया। गाड़ी गंगा तक जैसे लाश ही ढोती रही। भाभी के तीन लड़के बीमार पड़े। किसी तरह सेवा-शुश्रूषा से अच्छे हुए। इस समय का अनुभव जीवन का विचित्र अनुभव है। देखते-देखते घर साफ हो गया। जितने उपार्जन और काम करनेवाले आदमी थे, साफ हो गए। चार बड़के दादा के, दो मेरे। दादा के सबसे बड़े लड़के की उम्र पन्द्रह साल, मेरी सबसे छोटी लड़की साल-भर की। चारों ओर अँधेरा नजर आता था।

घर से फुर्सत पाने पर मैं ससुराल गया। इतने दुःख और वेदना के भीतर भी मन की विजय रही। रोज गंगा देखने जाया करता था। एक ऊँचे टीले पर बैठकर लाशों का दृश्य देखता था। मन की अवस्था बयान से बाहर। डलमऊ का अवधूत-टोला काफी ऊँचा, मशहूर जगह है। वहाँ गंगाजी ने एक मोड़ ली है। लाशें इकट्ठी थीं। उसी पर बैठकर घंटों वह दृश्य देखा करता था। कभी अवधूत की याद आती थी, कभी संसार की नश्वरता की।

एक दिन पूछ-पूछकर कुल्ली वहाँ पहुँचे। पहले दुखी थे, मेरे लिए समवेदना लिए हुए थे, देखकर मुस्कुरा दिए—बड़ी निर्मल मुस्कान। मैंने देखा—यह सच्चा मित्र है।

कुल्ली ने कहा, "मैं जानता हूँ, आप मनोहर को बहुत चाहते थे। ईश्वर चाह की ही जगह मार देता है, होश कराने के लिए। आप मुझसे ज्यादा समझदार हैं, और मैं आपको क्या समझाऊँ ? पर यह निश्चित रूप से समझिएगा, भोग होता है; अच्छा वह है, जिसका अन्त अच्छा हो।"

मैं अवधूत की कुटी की गड़ी ईंटें देख रहा था। कुल्ली ने कहा, "यहाँ आप क्यों आए हैं ? क्योंकि मृत्यु का दृश्य आपने देखा है। मृत्यु के बाद मन शान्ति चाहता है। जो मर गए हैं, वे भी शान्ति प्राप्त कर चुके हैं। यह अवधूत-टीला है। बहुत पहले यहाँ एक अवधूत रहते थे। बस्ती से यह जगह कितनी दूर है !

मरघट से भी दूर है, यानी अवधूत मृत्यु के बाद जैसे पहुँचे हों। यहाँ जैसे शान्ति-ही-शान्ति हो !"

कुल्ली की बात बड़ी भली मालूम दी। बड़ा सुन्दर तत्त्व जैसे निहित था। मुझे बड़ा आश्वासन मिला। ऐसी बात इधर मैंने किसी से नहीं सुनी थी।

कुल्ली ने कहा, "चलिए, रामगिरि महाराज के मठ में दर्शन कीजिए। आप वहाँ हो तो आए होंगे ?"

मैंने कहा, "नहीं।"

कुल्ली उठे। उनके साथ मैं भी चला गया।

दस

इसके बाद मैं अपनी नौकरी पर चला गया। कुछ दिन नौकरी करने के बाद एक दुर्घटना हुई। एक साधु आए। एक पेड़ के नीचे बैठे रहते थे—धूनी रमाए, चिमटा गाड़े। मेरी निगाह नए ढंग की थी। साधु के सम्बन्ध में भी निगाह हो गई थी, स्वामी विवेकानन्दजी और स्वामी रामतीर्थजी की बातें सुनकर, किताबें पढ़कर। साधु का सम्बन्ध पारलौकिक साधना से होता है, साधना प्राचीन ढंग की तरह-तरह की हैं। मैं बिलकुल आधुनिक था। आदमी सत्य की प्राप्ति के बाद समझने की अपेक्षा नहीं रखता, क्योंकि सत्य स्वयं तब समझ के तौर पर मिल जाता है। उस पर आधुनिकता और प्राचीनता के नाम का केवल प्रभाव पड़ता है। मैंने जिन साधुओं को पढ़ा था, उन्होंने नशे के खिलाफ बहुत-कुछ लिखा था। पर जो साधु नशा करते हैं, वे रास्तों पर मारे-मारे फिरते हैं। स्वामी विवेकानन्दजी या स्वामी रामतीर्थजी की तरह अँग्रेजीदाँ नहीं, न अँगरेजीदाँ उनके शिष्य हैं, जो गाँजे की चिलम से भड़क जाएँगे। ऊँचे सत्य में विद्या की भी गुंजाइश नहीं रहती,

शब्द खत्म हो जाता है, लिहाजा रास्तों पर घूमनेवाले थकान की प्रतिक्रिया मिटाने के लिए नशा करते हैं। जिस तरह रोग में जहर का प्रयोग चलता है, उसी तरह जीवन के नाश में, प्रतिक्रिया में वे नशा करते हैं। उनके पास चरित्र का मूल्य है, पर उस चरित्र का अर्थ ऐसा नहीं कि आदमी सात रोज पाखाना न जाए, या पाँच रोज पेशाब न करे, तो सिद्ध है।

अँगरेजीदाँ गृहस्थ अँगरेजीदाँ साधु ही खोजता है, क्योंकि यूरोप की, अमेरिका की बातें होनी चाहिए, इस पर उनकी क्या राय है। सत्य के पास यूरोप, अमेरिका नहीं। रास्तेवाले साधु यहाँ अँगरेजीदाँ साधुओं को ही धोखा देता हुआ समझते हैं। मैंने कइयों को कहते सुना है, अपना-अपना गढ़ बनाए हुए हैं। खैर, यह साधु अनेक अर्थों में साधु थे। इनकी इच्छा थी, जगन्नाथजी जाएँगे, किराया मिल जाए। राजा साहब के हाउसहोल्ड सुपरिंटेंडेंट साहब इन पर प्रसन्न थे। उन्होंने राजा साहब से इनकी साधुता की तारीफ करते हुए इनके किराए की प्रार्थना की। राजा साहब ने सुन लिया।

कचहरी हो जाने पर शाम से दस बजे तक मैं राजा साहब के पास रहता था। उन्हें गाने-बजाने का शौक था। अच्छा मृदंग बजाते थे। जाने पर उन्होंने कहा, ''एक साधु आए हैं; देख आओ।''

राजा लोग एक विषय को अनेक मुखों से सुनते हैं, तब राय कायम करते हैं, इसलिए कि उनके कान-ही-कान हैं, आँखें सब जगह नहीं पहुँचतीं। मैंने राजभक्ति की पराकाष्ठा दिखलाते हुए उसी वक्त कहा, ''हुजूर, राजकोष का रुपया इस तरह नहीं खर्च होना चाहिए।''

तब मेरे मस्तिष्क में अनेक तरहें थीं, जैसी उपयोगितावादी में होती हैं। राजा साहब मुस्कुराए। मैं कुछ नहीं समझा। लेकिन उनकी आज्ञा की उपयोगिता समझता था, क्योंकि नौकर था। प्रणाम करके साधु के पास चला। मन में यह निश्चय लिए हुए कि कोष की एक कौड़ी नहीं जानी चाहिए। मन में यह भाव होने के कारण साधु के प्रति रूप कैसा था, कहने की आवश्यकता नहीं।

मुझे देखते ही साधु ने कहा, "आइए।"

मैंने मन में कहा, 'यही तो ठग विद्या है।' खुलकर कहा, "तुम काम क्यों नहीं करते ?"

साधु ने मुझे 'आप' कहा था, मैंने 'तुम' कहा, तब मुझे यह नहीं मालूम था—ईश्वर की प्राप्ति के लिए निकला हुआ मनुष्य ईश्वर-प्राप्ति के बाद दग्ध-कर्म हो जाता है। उसके मन में केवल ईश्वर रहता है।

साधु ने कहा, "मैं 'आप' कहता हूँ, आप 'तुम' कहते हैं। मैं क्या काम करूँ ?"

मेरी 'आप' कहने की प्रवृत्ति नहीं हुई। मैंने कहा, "तुम्हें संसार में कोई काम ही नहीं मिलता ?"

साधु ने कहा, "आप फिर 'तुम' कहते हैं ! यह सब काम कौन करता है ?"

मुझे मालूम हुआ, यह पूरा ठग है। क्योंकि लिखी किताबों में साधुओं के हथकण्डे और तरह-तरह की शिकायतें पढ़ी थीं। कहा, "तुम्हें रुपया नहीं मिलेगा।"

साधु ने कहा, "होश में आ।" और चिमटा जोर से जमीन में गाड़ दिया।

मुझे मालूम हुआ, वह चिमटा मेरे सिर में समा गया। गर्दन झुक गई। लेकिन मुझमें मामूली आग नहीं थी। मेरा अभिप्राय असत्य था। फिर भी साधु के प्रति श्रद्धा न निकली।

साधु ने जैसे सिर पर सवार होकर पूछा, "तू राजा है ?"

जो अपराध मैं कर रहा था, वही साधु करने लगा, क्योंकि मैंने साधु को 'तू' नहीं कहा था, 'तुम' कहा था। पर अभी मैं अपने को सँभाल रहा था, जैसे लड़नेवाला नीचे चला गया हो, हार न खाई हो। सँभलकर कहा, "नहीं, मैं राजा नहीं हूँ।"

साधु व्यंग्य कर रहा था, उसका राजा का अर्थ राम था; मेरा केवल सीधा, वही राजा, जहाँ से मैं आया था।

साधु ने कहा, "तू नौकर है, तो नौकर की तरह बातें क्यों नहीं करता ?"

साधु फिर भूला। नौकर भी राम है। खास तौर से मैं महावीर को अधिक प्यार करता था, राम को कम।

साधु चाहता था, मैं अपनी पकड़ छोड़ दूँ, तो वह होश दे दे, लेकिन मेरी पकड़ में नौकर नहीं था, साक्षात् महावीर थे। पकड़ छुड़ाने के लिए साधु ने कहा, ''तेरी नौकरी नहीं रहेगी।''

अगर मैं यहाँ करुण हुआ होता, तो साधु ने बाजी मारी होती। मैंने कहा, ''महाराज, तब तो मैं बच जाऊँ।'' यह महावीर की ही वाणी थी, राम के प्रति। तब मैं यह कुछ नहीं जानता था।

साधु के होश उड़ गए। यह नौकरी के लिए आग्रह नहीं था, फिर मेरे सिर उतने बच्चों का बोझ था।

साधु रोने लगा। कहा, ''अरे, तेरे लिए मैंने घर-बार छोड़ दिया, और तू मुझे सताता फिरता है ?''

अब मैं भी समझा। मुझे ज्योति भी दिखी। पहले 'जुही की कली' लिखते वक्त दिखी थी, तब नहीं समझा था। अबके एक साधु ने पहचान करा दी।

मैं चलने लगा, तो साधु ने कहा, ''तो चलो, चलें।''

लेकिन मैंने संसार की तरफ खींचा; क्योंकि ज्ञान के साथ कर्म-काण्ड जो बाकी था, उसकी ओर आकर्षण हुआ। इस समय साधु को वैसा ही कष्ट हुआ, जैसा मुझे हुआ था। बड़ी ही करुण ध्वनि की, जैसे बदन टूट रहा हो !

राजा साहब के पास गया, तब सब भूल गया, जड़ राजा का भूत सवार हो गया। राजा साहब ने पूछा, ''कैसे साधु हैं ?''

मैंने कहा, ''ऐसे आदमी को रुपए नहीं देने चाहिए।''

राजा साहब चुप हो गए।

सुबह सुपरिंटेंडेंट साहब फिर आए, और बीस रुपए की मंजूरी करा ली। रुपए लेकर सुपरिंटेंडेंट साहब गए। पर हाथ जो बढ़े, वे दम्भ के हाथ थे। साधु ने कहा, ''मैं रुपए नहीं लूँगा। कल राजा आए थे। मैंने उन्हें नाराज कर दिया है। मैं जाता हूँ,'' कहकर अपना चिमटा वहीं फेंक दिया, और चला गया।

सुपरिंटेंडेंट साहब ने रास्ता रोककर कहा, ''महाराज, वह राजा नहीं था, वह तो एक मामूली नौकर है।''

साधु ने कहा, ''तू नहीं समझता, वह राजा था।''

सुपरिंटेंडेंट साहब मुँह फैलाकर देखने लगे। साधु चला गया।

कुछ देर बाद मैं भी उस रास्ते से गुजरा। सुपरिंटेंडेंट साहब

ने कहा, "तुमने कल साधु से क्या कहा था—मैं राजा हूँ ?"

"नहीं दादा," मैंने कहा, "मैंने ऐसा तो नहीं कहा।"

सुपरिंटेंडेंट मुझसे भी बड़े राजभक्त थे। कहा, "तुमने कहा है। साधु ने रुपए नहीं लिए, अपना चिमटा फेंककर चला गया। मैं महाराज से अभी रिपोर्ट करता हूँ।"

कौन समझता है, वह निश्छल नत जन विश्व के सामने नत है—वह दादा कहनेवाला और है। यह सलाम करनेवाला नहीं।

दादा ने राजा साहब से रिपोर्ट की, बड़े उदात्त शब्दों में। सुनी बात पर जैसी अतिशयोक्ति होती है।

मेरे जाने पर सस्नेह राजा साहब ने कहा, "तुमने साधु से कहा था—मैं राजा हूँ ?"

उत्तर उस तरह मुझसे न देते बना, जिस तरह देना चाहिए था, क्योंकि मैं भी राजा को साक्षात् पुरुषोत्तम नहीं देख रहा था। कहा, "हाँ, मैंने कहा, राजा का नौकर राजा नहीं तो क्या है ?"

यह अद्वैतवाद राजा समझते थे। भारत की नौकरशाही का यही अर्थ है।

उस समय के लिए निष्कृति मिली। कठिन संसार की उलझन साथ ही थी। एक दिन मैं राजा साहब के यहाँ से अपने डेरे जा रहा था, रात के ग्यारह बजे होंगे। सुपरिंटेंडेंट साहब कचहरी नहीं गए थे। लेकिन हाथीखाने के पास, जो जगह उनके मकान से मील-भर है, मुझे मिले। वह शराब पीते हैं, यह मशहूर बात थी। शराब पीनेवाला और भी बहुत-कुछ करता है। संसार का अपना एक चरित्र है—दिखाऊ। उसके प्रतिकूल कुछ होने पर घबराहट होती है। सुपरिंटेंडेंट साहब को रात ग्यारह बजे देखने के साथ मैं चौंका, वह भी चौंके। वह मेरी शिकायत कर चुके थे, इसलिए भी। मैं चौंका, वह यहाँ इतनी रात को क्या कर रहे हैं। चौंका-चौंकी के साथ मुझे शराब की बू मालूम दी। पर मैं चुपचाप चला गया।

दूसरे दिन कथा-प्रसंग पर मैंने राजा साहब से कह दिया, पर शिकायत के तौर पर नहीं, मजाक के तौर पर। सुपरिंटेंडेंट साहब पीते हैं, यह सब लोग जानते हैं, राजा साहब और बहुत जानते थे। हँसने लगे।

पर बड़े आदमी कहलानेवाले लोग अपने मातहत रहनेवालों या नौकरों से तरह-तरह से पेश आते हैं। एक दिन एकाएक मुझे हुक्म हुआ, "गोपालजी के मन्दिर में जाकर कसम खाकर कहो, तुमने सुपरिंटेंडेंट साहब को शराब की हालत में देखा है।"

सुपरिंटेंडेंट साहब को हुक्म दिया, "तुम कहो, मैंने नहीं पी।"

सुपरिंटेंडेंट साहब संसारी आदमी थे। एक गवाह ठीक कर लिया था—फीलवान, यह कहने के लिए कि सुपरिंटेंडेंट साहब के लड़के को भूत लगा था, वह फूँक डालने गया था। उसे हुक्म हुआ, वह कुरान लेकर कहे।

कसम के दिन फीलवान नहीं गया। हम दोनों गए। मैंने जैसी सुगन्ध पाई थी, उसके लिए कसम खाई। सुपरिंटेंडेंट साहब बिलकुल डकार गए।

कसमी-कसमा हो जाने के बाद मैंने इस्तीफा दाखिल किया। राजा साहब को एक निजी पत्र लिखा, 'मेरे धर्म-स्थल पर हस्तक्षेप करने का आपको कोई अधिकार न था। फिर मैंने सुपरिंटेंडेंट साहब को नौकरी लेने के लिए नहीं कहा था।'

सुपरिंटेंडेंट साहब ने उन्हें यही समझाया था कि उस साधु के सम्बन्ध में चूँकि उन्होंने सही-सही बातें कही हैं, इसलिए उनकी नौकरी लेने के अभिप्राय से मैंने यह जाल रचा है। अब जब से हुज़ूर ने वह सब काम छोड़ दिया है, तब से हुज़ूर की बराबर अनुवर्तिता वह कर रहे हैं, इसीलिए हुज़ूर ने गुरुमन्त्र लेने की बात भी कही थी। गुरुमन्त्र का प्रभाव होता ही है।

मेरा इस्तीफा मंजूर न किया गया। राजा साहब की चिट्ठी आई, 'यो ध्रुवाणि परित्यज्य अध्रुवाणी निषेवते।'

मैंने कहा, "अध्रुव की ही सेवा सही, मेरी तनख्वाह दे दी जाए, मेरा काम समझ लिया जाए।"

नौकरी छोड़ दी। कई लोग, यहाँ तक कि असिस्टेंट मैनेजर साहब, जिन पर रोज रिश्वत का इलजाम लगता था, मिलने पर कह गए, "यहाँ तुम्हीं एक आदमी हो। बहुतों ने झुकी कमर सीधी कर-करके देखा।" मैंने अपनी चीजें नीलाम करके, एक भतीजे को साथ लेकर गाँव का रास्ता लिया।

गाँव पहुँचकर ससुराल गया। देश में पहला असहयोग-आन्दोलन जोरों पर था। खलिहानों में बैठे हुए किसान जमींदारों से बचने के लिए रह-रहकर 'महात्मा गाँधीजी की जय' चिल्ला उठते थे। कुछ अतिआधुनिक सरकारी नौकर, जमींदार और पुलिस के आदमी मजाक करते थे—तरह-तरह के अपशब्द। कुछ अकर्मण्य मालदार राजनीतिक विद्वान अखबारों का उलथा कर-कर टीका-टिप्पणी के साथ समाज में चर्चा करते हुए पाचन-शक्ति बढ़ा रहे थे। ऐसे ही एक ने मुझसे कहा, ''महात्माजी ने सिद्ध कर दिया है, चर्खा चलाने से कम-से-कम रोटियाँ चल सकती हैं।''

मैं बेकार था। 'सरस्वती' से कविता-लेख वापस आते थे। एक-आध चीज छपी थी। 'प्रभा' में, मालूम हुआ, बड़े-बड़े आदमियों के लेख-कविताएँ छपती हैं। एक दफा ऑफिस जाकर बातचीत की, उत्तर मिला—इसमें 'भारतीय आत्मा', 'राष्ट्रीय पथिक' मैथिलीशरण गुप्त-जैसे कवियों की कविताएँ छपती हैं। ऐसे ही कुछ लेखकों के नाम सुने। मुँह लटकाकर लौट आया। जीविका का कोई उपाय न था। चार भतीजों की परवरिश सिर पर। जिन सज्जन ने चर्खे की उपयोगिता समझाई थी, उन्हें एक तकुआ खरीद लाने के लिए पैसे दिए थे, वह कानपुर गए थे। यहाँ मेरे गाँव के पड़ोस में कोरी बुनाई का काम करते हैं, मैं सीखने के लिए रोज जाने लगा। कोरियों ने कहा, ''तुम महाराज होकर क्या यह काम करोगे ? अरे, कहीं भागवत बाँचो।''

वह सज्जन कानपुर से लौटे, बोले, ''जल्दी में था, खरीदने की याद नहीं थी।''

मन में अत्यधिक उथल-पुथल थी। इसी समय कन्यादायग्रस्त भी आ-आकर घेरते थे। वर्णनों में किसी की कन्या इन्दिरा से कम न थी। बड़ा गुस्सा आया। ससुराल चला गया। कन्यादायग्रस्तों की संख्या वहाँ और अधिक दिखी। एक दिन गंगा के किनारे बैठा था। टहलते हुए कुल्ली आए। समय का प्रभाव कुल्ली पर बहुत पड़ा था। चेहरे से सभ्य राजनीतिक हो गए थे। मुझे देखकर उसी ढंग से नमस्कार किया। पहले की अदालतवाली सभ्यता अब राजनीतिक सभ्यता में बदली है, मैंने देखा। मैं बैठा था। कुल्ली

ने सोचा, मैं कोई महान राजनीतिक कर्मी हूँ। इधर कुल्ली अखबार पढ़ने लगे थे। त्याग भी किया था, अदालत के स्टाम्प बेचते थे, बेचना छोड़ दिया था। महात्माजी की बातें करने लगे। मैं सुनता रहा। जब कुछ पूछते थे, तब जितना जानता था, कहता था।

एकाएक भाव में उमड़कर कुल्ली ने कहा, ''मुझे कुछ उपदेश दीजिए।''

मैं जला हुआ था ही। कहा, ''गंगा में डूब जाइए।''

''यह आप क्या कह रहे हैं ?'' पूरे राजनीतिक आश्चर्य में आकर पूछा।

''आप डूब सकते हैं या नहीं ?''

''डूब कैसे जाऊँ ? कोई मतलब की बात भी हो !''

''मतलब की बात मुझे नहीं आती।''

''तो आप बे-मतलब यहाँ बैठे हुए हैं ?''

''हाँ, इतना ही मतलब था। आपसे मिलने के मतलब से तो नहीं आया था ?''

कुल्ली मेरी ओर देखते रहे। उन्हें नहीं मालूम था, इनके चारों ओर आग लगी है। चुपचाप उठकर चले गए।

ग्यारह

अनेक आवर्तन-निवर्तन के बाद मैं पूर्ण रूप से साहित्यिक हुआ। कुछ ही दिनों में कविता-क्षेत्र में जैसे चूहे लग जाएँ, इस तरह कवि-किसानों और जनता-जमींदारों में मेरा नाम फैला। साल ही भर में इलाहाबाद के श्रीहर्ष और कलकत्ते के कालिदास हिन्दी के काव्य का उद्धार करने के लिए आ गए, एक ही समय में। पुराने स्कूलवालों ने अपनी मोर्चाबन्दी की, और लड़ाई छेड़ दी। पर हार-पर-हार खाते गए; कारण, बुद्धि की बारूद नहीं थी। एयरगन की फुट्टफैर होकर रह गई। इस तरह अब तक अनेक लड़ाइयाँ हुईं। पर नए लड़नेवालों से लड़ने पर पुराने बराबर हारे हैं।

अस्तु, हिन्दी के काव्य-साहित्य का उद्धार और साहित्यिकों के आश्चर्य का पुरस्कार लेकर मैं गाँव आया। गाँव से ससुराल गया। कुल्ली मिले। अखबार पढ़ते थे। अखबार में मेरा नाम, आलोचना आदि में पढ़ चुके थे, जाने पर बड़ी आवभगत उन्होंने की। एकटक देखते रहे। अब उनका वह प्रियजन विकास पर है। इस बार अपने घर के जितने कवियों की चर्चा की, सबको

उतारकर, क्योंकि अखबारों में उनकी वैसी आलोचना नहीं छपती थी, फिर वे राजा के आश्रित थे।

कुल्ली ने मुझे देखते हुए आवेग से पूछा, "आपने दूसरी शादी नहीं की ?"

मैंने कहा, "करने की आवश्यकता नहीं मालूम दी।"

पूछा, "रहते किस तरह हैं ?"

उत्तर दिया, "एक विधवा जिस तरह रहती है।"

कुल्ली : "विधवाएँ तो तरह-तरह के व्यभिचार करती हैं।"

मैं : "तो मैं भी करता हूँगा।"

कुल्ली बहुत खुश हुए। कहा, "लेकिन पाप होता है।"

मैं : "पुण्य के साथ-साथ पाप हो, तो डर नहीं। कहा है—एक अंगारा पहाड़-भर भूसा जला सकता है।"

कुल्ली जमे। पूछा, "समाज के लिए आपके क्या विचार हैं ?"

"जो कुछ मैं कह गया," मैंने कहा, "इसी का नाम समाज है। जो कुछ बहता है, उसमें हमेशा एक-सा जलत्व नहीं रहता।"

"आप हिन्दू-मुसलमान के सम्बन्ध में क्या कहते हैं ?"

मैं : "हिन्दू मुसलमान बन सकता है, मुसलमान हिन्दू नहीं।"

कुल्ली बहुत खुश हुए। उनके दिल की बात थी। उनका इतिहास मुझे मालूम न था, लेकिन वह अपने जीवन के अनुभव और सत्य को मुझसे मिला रहे थे। पूरा उतरता देखकर कहा, "एक मुसलमानिन है। मैं उससे प्रेम करता हूँ। वह भी मेरे लिए जान देती है। ले चलने को कहती है, पर यहाँ के चमारों से डरता हूँ।"

मैंने कहा, "चमारों से सभी डरते हैं, लेकिन जूते गाँठने के लिए देते रहने पर दबे रहते हैं चमार।"

"तो आपकी राय है, ले आऊँ ?"

मैं कलकत्ते का हिन्दू-मुस्लिम दंगा देख चुका था। उन दिनों अखबारों में यही चर्चा थी। बाजे के प्रश्नोत्तर चल रहे थे। इसी पर मुंशी नवजादिकलाल साहब महादेव बाबू को चार महीने की सख्त सजा दिला चुके थे। छूटने पर मैं स्वागत करा चुका था।

समय का रंग सब पर रहता है—लड़कपन हो या जवानी। मैंने पूरी उत्तेजना से कहा, "अवश्य ले आओ।"

कुल्ली में जैसे स्वर्गीय स्पिरिट आ गई। उदात्त स्वर से बोले, 'ये हिन्दू नामर्द हो गए हैं। दूसरे को भी नामर्द करना चाहते हैं।"

"आप इनके सामने आदर्श रखिए," मैंने कहा।

कुल्ली झटके से उठे, उसी वक्त आदर्श रखने के विचार से, और सीधे उसी प्रिया के घर गए—उसे ले आने के लिए।

बारह

इन दिनों मैं लखनऊ रहने लगा था। सविनय अवज्ञा-आन्दोलन समाप्त हो चुका था। अछूतोद्धार की समस्या थी। इसी समय डलमऊ गया। कुल्ली की पूर्ण परिणति थी। राजनीति और सुधार दोनों के पूर्ण रूप थे। आन्दोलन का केन्द्र रायबरेली था, तब कुल्ली काफी भाग ले चुके थे। पहले नमक-कानून डलमऊ में तोड़ा जानेवाला था, तब कुल्ली ने ही खबर दी थी कि पुलिस गोली चलाने की तैयारी में है। तब कार्यकर्ता डलमऊ से हटकर रायबरेली चले गए थे, ताकि पुलिस को तकलीफ न हो। अदालत जानेवाले वकीलों, पुलिस के नौकरों, सरकारी अफसरों, पण्डों, पुरोहितों, जमींदारों और ताल्लुकेदारों से घृणा करने लगे थे। प्रसंगवश ब्राह्मणों से भी घृणा करने लगे थे।

कुल्ली एक अच्छे-खासे नेता की तरह मिले। मिलते ही पूछा, ‘‘आपके उधर कैसा कार्य है ?’’

मैंने ताज्जुब से पूछा, ‘‘कौन-सा कार्य ?’’

‘‘यही, जो चल रहा है।’’ कुल्ली ने भी आश्चर्य से मुझे

देखते हुए कहा।

"राजनीतिक ?" मैंने सीधे-सीधे पूछा।

"हाँ, यही आन्दोलनवाला।" कुल्ली कुछ कटे हुए बोले।

"अब तो समाप्त है।"

"इससे कुछ होगा ?"

"किससे क्या होता है, क्या मिलता है, क्या जाता है, यह मैं नहीं जानता, इसलिए मानता भी नहीं; कुछ मेरी भी सुनी-सुनाई; पढ़ी-पढ़ाई बातें हैं, उन्हीं में कुछ नमक-मिर्च अपनी समझ से मिलाकर।"

कुल्ली खुश हो गए। एक भेड़ बनता है, तो दूसरा भेड़िया बनने का हौसला दबा नहीं सकता। इसीलिए अब तक दीनता और दीन की ही संसार के लोगों ने ऊँचे स्वर से तारीफ की है। मैं साधारण आदमी हूँ, इसने कुल्ली को असाधारणता का बोध तत्काल करा दिया। मुझसे कहा, "मैं उसे ले आया।"

"किसे ?"

"उसी मुसलमानिन को।"

"तब तो मेरी पहली बात तुमने मान ली। मैंने कहा था, तुम गंगा में कूद पड़ो, तुम मुझे लाँग समेटे हुए ही उस वक्त देख पड़े थे।"

कुल्ली ने आश्चर्य से कहा, "गंगा में कैसे कूदा ?"

"किताब में स्त्री को नदी कहा है। नदियों में गंगा श्रेष्ठ है। तुम श्रेष्ठ स्त्री ले आए हो।"

कुल्ली प्रसन्न हो गए। बोले, "लेकिन एक बात है, यहाँ वाले मानते नहीं।"

"जब जानेंगे, तब मानेंगे।" मैंने कुल्ली की छड़ी देखते हुए कहा, "किसी को यह संशय नहीं कि यह छड़ी नहीं।"

कुल्ली ने भी अपनी छड़ी देखी और मुस्कुराकर कहा, "लोग सताते हैं। पथवारी देवी के दर्शनों के लिए भेजा था, लोगों ने मन्दिर के दरवाजे पर भी नहीं जाने दिया।"

"तुम्हें समझना था, देवीजी ने कृपा की, ज्ञान दिया, क्योंकि वह मन्दिरवाली नहीं थीं, पथवाली थीं।"

"अच्छा !" कुल्ली बहुत खुश हुए। कहा, "इसलिए

पथवारी कहते हैं !" नम्र होकर बोले, "मेरा नाम भी पथवारीदीन है।"

"तब ?" मैंने कहा, "और पथवारी देवी उसे क्या देतीं ?"

"आप बहुत-बहुत बड़े ज्ञानी हैं," कुल्ली ने हाथ जोड़कर मुँह के सामने हाथी की सूँड़ उठाई। मैंने मन में कहा, 'देखो, अब कौन ज्ञानी है।'

"देखो कुल्ली," मैंने कहा, "गणेशजी जितने ज्ञानी हैं, मैंने सुना है, उतने ही मूर्ख हैं। बंगाल में हस्तिमूर्ख कहते हैं, यानी हाथी की तरह का मूर्ख, इससे बड़ा मूर्ख दूसरा नहीं। एक दफा मेरे एक दोस्त जंगल में शिकार खेलने गए थे। एक शेर मारा। मारकर पत्तों से ढककर उसे नीचे डालकर फिर मचान पर जा बैठे कि एक-आध हिरन आ जाए, तो मारकर खाने का भी इन्तजाम कर लें। इत्तिफाक, आया हाथियों का झुण्ड। जंगली हाथी सबसे खतरनाक है, क्योंकि वह हिलाकर पेड़ से भी आदमी को कैथे की तरह गिरा लेता है, या डाल तोड़कर नीचे लाता है। मेरे मित्र पक्के शिकारी थे। उन्हें यह सब मालूम था। मचान कुछ ऊँचा था। हाथियों के नायक के सूँड़ बढ़ाते ही उन्होंने अपनी बन्दूक नीचे डाल दी, ठीक उसी जगह, जहाँ शेर मारा ढका था। हाथी बन्दूक लेकर तोड़ने लगा। तब तक मेरे मित्र और ऊँची डाल पर चले गए। बन्दूक तोड़कर पत्तों से ढकी चीज को देखने की उत्सुकता से हाथी ने सूँड़ बढ़ाई। पत्ते खोलते ही शेर दिखा। हाथी बेतहाशा भागा, उसके साथी भी भगे। मित्र बच गए, यद्यपि यह एक संयोग की बात थी, पर इसमें शिक्षा की कमी नहीं। जहाँ हाथी सताते हों, वहाँ शेर की खाल काम देती है। बुद्धि इसीलिए सबसे ऊपर है।"

कुल्ली समझ गए कि कहनेवाला और जो कुछ हो, बेवकूफ नहीं। बोले, "अछूत-पाठशाला खोली है। तीस-चालीस लड़के आते हैं—धोबी, भंगी, चमार, डोम और पासियों के। पढ़ाता हूँ। लेकिन यहाँ के बड़े आदमी कहे जानेवाले लोग मदद नहीं करते। यहाँ के चेयरमैन साहब के पास गया, वह जबान से नहीं बोले, हालाँकि शहर के आदमी हैं। टाउन-एरिया में सिर्फ कुछ घर हैं। बाकी गंगापुत्रों की बस्ती है। ये लोग उदासीन हैं। कुछ सरकारी

अफसर हैं, वे भड़काया करते हैं। कैसे काम चले ? मदद कहीं से नहीं मिलती। जो काम करता था, आन्दोलन में छोड़ दिया। अब देखता हूँ, उसी गधे पर फिर चढ़ना होगा।''

मैंने सोचा, 'यह कार्य की बात है, रस की नहीं। जिन्हें कार्य करना है, वे अपना रास्ता खोज लेंगे। जरा कुल्ली से एक चोट कसकर मजाक क्यों न किया जाए। जहाँ तक रस मिले, पान करना चाहिए, आर्यों की सन्तान हूँ, सोमरस के अभाव में ताड़ी का प्रयोग प्रशस्त है, काका कालेलकर साहब ने समझा दिया है। प्रकृति को पर्दे में रखना दुनिया के आदमियों का काम है। जिन्हें कहीं खुला नजर आएगा, आप रुकेंगे।'

खुलकर पूरे एमोशन के साथ कहा, ''महात्माजी को लिखिए।''

कुल्ली में इतना उच्छ्‌वास आया, जैसे उनकी अर्जी मंजूर हो। पूछा, ''महात्माजी का पता क्या है ?''

मैंने पता बतला दिया।

नोटबुक निकालकर कुल्ली नोट करते रहे। फिर सिर उठाकर मुझसे पूछा, ''महात्माजी के अलावा और भी किसी को लिखना चाहिए ?'' जैसे न्योता भेज रहे हों !

''हाँ,'' मैंने कहा, ''पं. जवाहरलाल नेहरू को।''

फिर सिर झुकाकर लिखते हुए पूछा, ''आनन्द भवन, इलाहाबाद ?''

''या स्वराज्य-भवन, इलाहाबाद,'' मैंने कहा।

कुल्ली ने लिख लिया। फिर निश्चिन्त होकर मुझसे कहा, ''एक रोज हमारे यहाँ चलिए, आपको सबकुछ दिखाऊँ; अपनी भौजी को भी देखिए।''

''साँवली हैं–गोरी ?'' मैंने जल्द उत्तर पाने की गरज से पूछा।

कुल्ली मुस्कुराए। कहा, ''अपनी आँखों देखिए।''

''कुछ योग्यता ?'' मैंने बिलकुल आधुनिक फैशन के आदमी की तरह पूछा।

कुल्ली गम्भीर होकर बोले, ''बहुत अच्छी रामायण पढ़ती हैं। अभी गई थीं...राजा साहब या रानी साहब, शिवगढ़, या किसे, कहा, पढ़कर सुनाई; उन्हें बहुत खुशी हुई।''

पूछना चाहता था, सिर्फ खुशी रही या बख्शीश भी मिली; लेकिन स्त्री और सभ्यता का विचार कर रह गया।

कुल्ली ने पूछा, "तो पाठशाला देखने कब आइएगा ?"

अछूतों का मामला, यहाँ चालाकी नहीं चलेगी, सोचकर मैंने कहा, "जब आप कहें, आऊँ। मैं समझता हूँ, परसों ठीक होगा, क्योंकि आप लड़कों को खबर भेज दे सकेंगे; उस रोज अधिक-से-अधिक लड़के हाजिर हो सकेंगे।"

नमस्कार कर कुल्ली बिदा हुए।

मैं श्रीमती मुखोपाध्याय के यहाँ गया। ये स्त्रियों की चिकित्सा, प्रसव आदि के लिए खास तौर से नियुक्त सरकारी डॉक्टर थीं। इनके पति मुखोपाध्याय महाशय उस समय बंगाल से आकर वहीं रहते थे। श्रीमती मुखोपाध्याय उनकी दूसरी या तीसरी पत्नी थीं। ईश्वर की कृपा से उनके एक पुत्र और सात-आठ कन्याएँ थीं। जब कन्याओं को लेकर गंगा नहाने जाती थीं, तब देखनेवाले को 'ब्वायज टु लिलिपुट' याद आ जाता था। मुखोपाध्याय महाशय संदिग्ध स्वभाव के आदमी थे। कोई भी सरकारी अफसर लेडी डॉक्टर से मिलने जाता था, तब वह सन्देह करने लगते थे, पति-पत्नी में अक्सर तकरार चलती थी, पर वृद्ध मुखोपाध्याय मुश्किल से एक रात पूरी उतार सकते थे। मनचले आदमी समझ गए थे, इसलिए सवेरे ही कोई-न-कोई पहुँचते थे।

मेरी उनकी इस तरह जान-पहचान हुई कि मेरे एक सम्मान्य मित्र के यहाँ वह जाया करते थे। मित्र कान्यकुब्ज हैं, साथ सुप्रसिद्ध। वह मुखोपाध्याय महाशय को उतना ही बड़ा मानते थे, जितना बड़ा कलकत्ता-बम्बईवाले हिन्दुस्तानियों को मानते हैं। मुखोपाध्याय महाशय दुखी होते थे। एक दिन मैंने यह दृश्य देखा, तो आमन्त्रित करके इन्हें खिलाया। तब से इनके यहाँ कभी-कभी जाया करता था। मवेशी डॉक्टर भी बंगाली थे। यहाँ प्रायः रोज जाते थे। मुसलमान सब-तहसीलदार साहब भी जाते थे। मैंने कुल्ली के सम्बन्ध में पूछा, तो सबको नाखुश पाया। कहा, "यह इतना अच्छा काम कर रहे हैं, आप इनसे सहानुभूति क्यों नहीं रखते ?"

लोगों ने कहा, "अछूत लड़कों को पढ़ाता है, इसलिए कि

उसका एक दल हो; लोगों से सहानुभूति इसलिए नहीं पाता; हेकड़ी है; फिर मूर्ख वह क्या पढ़ाएगा ?...तीन किताब भले पढ़ा दे। ये जितने कांग्रेसवाले हैं; अधिकांश में मूर्ख और गँवार। फिर कुल्ली सबसे आगे है। खुल्लमखुला मुसलमानिन बैठाए है। उसे शुद्ध किया है, कहता है—अयोध्याजी जाने कहाँ ले जाकर गुरु-मन्त्र भी दिला आया है। पर आदमी आदमी है, जनाब, जानवर थोड़े ही है ? कान फुँकाने से विद्वान्, शिक्षक और सुधारक होता है ? देखो तो, बीवी तुलसी की माला डाले है। दुनिया का ढोंग।''

तीसरे दिन कुल्ली आए। बड़े आदर से ले गए। देखा, गड़हे के किनारे, ऊँची जगह पर, मकान के सामने एक चौकोर जगह है। कुछ पेड़ हैं। गड़हे के चारों ओर के पेड़ लहरा रहे हैं। कुल्ली के कुटीनुमा बँगले के सामने टाट बिछा है। उस पर अछूत लड़के श्रद्धा की मूर्ति बने बैठे हैं। आँखों से निर्मल रश्मि निकल रही है। कुल्ली आनन्द की मूर्ति, साक्षात् आचार्य। काफी लड़के। मुझे देखकर सम्मान-प्रदर्शन करते हुए नतशिर अपने-अपने पाठ में रत हैं। बिलकुल प्राचीन तपोवन का दृश्य। इनके कुछ अभिभावक भी आए हैं। दोनों में फूल लिए हुए, मुझे भेंट करने के लिए। इनकी ओर कभी किसी ने नहीं देखा। ये पुश्त-दर-पुश्त से सम्मान देकर नत-मस्तक ही संसार से चले गए हैं। संसार की सभ्यता के इतिहास में इनका स्थान नहीं। ये नहीं कह सकते; हमारे पूर्वज कश्यप, भरद्वाज, कलि, कणाद थे; रामायण, महाभारत इनकी कृतियाँ हैं; अर्थशास्त्र, कामसूत्र इन्होंने लिखे हैं; अशोक, विक्रमादित्य, हर्षवर्द्धन, पृथ्वीराज इनके वंश के हैं। फिर भी ये थे, और हैं।

अधिक न सोच सका। मालूम दिया, जो कुछ पढ़ा है, कुछ नहीं; जो कुछ किया है, व्यर्थ है; जो कुछ सोचा है, स्वप्न। कुल्ली धन्य है। वह मनुष्य है, इतने जम्बुकों में वह सिंह है। वह अधिक पढ़ा-लिखा नहीं; लेकिन अधिक पढ़ा-लिखा कोई उससे बड़ा नहीं। उसने जो कुछ किया है, सत्य समझकर। मुख-मुख पर इसकी छाप लगी हुई है। ये इतने दीन दूसरे के द्वार पर क्यों नहीं देख पड़ते ? मैं बार-बार आँसू रोक रहा था।

इसी समय बिना स्तव के, बिना मन्त्र के, बिना वाद्य, बिना गीत के, बिना बनाव, बिना सिंगारवाले वे चमार, पासी, धोबी और कोरी दोने में फूल लिए हुए मेरे सामने आ-आकर रखने लगे। मारे डर के हाथ पर नहीं दे रहे थे कि कहीं छू जाने पर मुझे नहाना होगा। इतने नत। इतना अधम बनाया है मेरे समाज ने उन्हें।

कुल्ली ने उन्हें समझाया है, मैं उनका आदमी हूँ, उनकी भलाई चाहता हूँ, उन्हें इसी निगाह से देखता हूँ, जिससे दूसरे को। उन्हें इतना ही आनन्द विह्वल किए हुए है। बिना वाणी की वह वाणी, बिना शिक्षा की वह संस्कृति, प्राण का पर्दा-पर्दा पार कर गई। लज्जा से मैं वहीं गड़ गया। वह दृष्टि इतनी साफ है कि सबकुछ देखती-समझती है। वहाँ चालाकी नहीं चलती। ओफ ! कितना मोह है ! मैं ईश्वर, सौन्दर्य, वैभव और विलास का कवि हूँ !—फिर क्रान्तिकारी !!

संयत होकर मैंने कहा, "आप लोग अपना-अपना दोना मेरे हाथ में दीजिए, और मुझे उसी तरह भेंटिए, जैसे मेरे भाई भेंटते हैं।" बुलाने के साथ मुस्कुराकर वे बढ़े। वे हर बात में मेरे समकक्ष हैं, जानते हैं। घृणा से दूर हैं। वह भेद मिटते ही आदमी-आदमी मन और आत्मा से मिले, शरीर की बाधा न रही।

इस रोज मैं और कुछ नहीं कर सका, देखकर चला आया—कुछ लड़कों से कुछ पूछकर।

तेरह

दूसरे रोज कुल्ली आए। नमस्कार-प्रणाम आदि के बाद बैठे। कहने लगे, ''अछूत-पाठशाला खोलने के बाद से लोगों की रही सहानुभूति भी जाती रही। क्या कहूँ, आदमी-आदमी के लिए जरा भी सहनशील नहीं। वह अपने लिए सबकुछ चाहता है, पर दूसरे को जरा भी स्वतन्त्रता नहीं देना चाहता। इसीलिए हिन्दुस्तान की यह दशा है, मैं समझ गया हूँ।''

मैंने कहा, ''कुछ सरकारी अफसरों से मेरी मुलाकात हुई थी। वे आपसे नाराज हैं, इसलिए कि आप यह सब करते हैं। शायद आपसे उन्हें इज्जत नहीं मिलती। वे नौकर होकर सरकार हैं, यह सोचते हैं; आप उन्हें याद दिला देते हैं, वे नौकर हैं; उन्हें रोटियाँ आपसे मिलती हैं।''

कुल्ली हँसे। कहा, ''और भी बातें हैं। भीतरी रहस्य का मैं जानकार हूँ, क्योंकि यहीं का रहनेवाला हूँ। भण्डा फोड़ देता हूँ। इसलिए सब चौंके रहते हैं। वह मेम है, सरकार की तरफ से नौकर है, लेकिन बच्चा होआने जाती है, तो रुपया लेती है, और

एक की जगह दस-दस; मैंने एक धोबिन को कहा, बुलाए और रुपया न दे, ज्यादा बातचीत करे, तो देखा जाएगा। धोबिन ने ऐसा ही किया। मेमसाहब नाराज हो गई। यही हाल मवेशी-डॉक्टर का है। मुसलमान इसलिए नाराज हैं कि मुसलमानिन ले आया हूँ। अरे भई, तुम्हीं गाते हो—दिल ही तो है, न संगोखिश्त दर्द से भर न आए क्यों ? फिर नाराज क्यों होते हो ? क्या यह भी कहीं लिखा है कि दिल सिर्फ मुसलमान के होता है ? और हिन्दू, हिन्दू है बुजदिल, खास तौर से ब्राह्मण, ठाकुर, बनिया बेचारा क्या करे—इस कोठे का धान उस कोठे करे, उसे फुर्सत नहीं, उसके लिए ये सब समझ से बाहर की बातें हैं, क्योंकि रुपए-पैसे की नहीं। आखिर क्या करूँ ? आदमी हूँ, आदमियों में ही रहना चाहता हूँ।"

मैंने कहा, "आपकी गंगा जिस तरह पवित्र करती हुई बह रही हैं, लोगों की समझ में वह तरह नहीं आती, इसलिए कि वे जड़वादी हैं। वे जड़ गंगा का महत्त्व मानते हैं। अछूत ही इसमें ठीक-ठीक पवित्र होंगे। पर कुछ दान लिया कीजिए। नहीं तो गुजर कैसे होगी ?"

कुल्ली हँसे। बोले, "बहुत गरीब हैं; फिर मैं पहले जमींदार था, लोग अब भी नम्बरदार कहकर पुकारते हैं; आप जानते ही हैं, उनसे कुछ ले नहीं सकता। सिर्फ बत्ती का तेल लेता हूँ। रात को ही लड़कों की पढ़ाई अच्छी होती है, क्योंकि बड़े लड़के रात को ही अपने काम-काज से फुर्सत पाकर आते हैं।"

मैंने कहा, "भाभी साहबा को सुना, आपने पूर्ण रूप से शुद्ध किया है !"

"हाँ," कुल्ली ने मुस्कुराकर कहा, "अयोध्याजी ले गया था। वहाँ गुरुमन्त्र दिलाया। लेकिन हिन्दू बड़े नालायक हैं। इस हद तक मुझे उम्मीद न थी। कहते हैं, बिल्ली को तुलसी की माला पहनाकर लाया है," कहकर कुल्ली खुद हँसे। फिर कहा, "यहाँ महेश-गिरि के मठ से कुछ रुपए माहवार मिलने की उम्मीद है। कुँवर साहब, सेमरी, चेयरमैन हैं यहाँ के ट्रस्ट के; मैंने उनसे निवेदन किया था, उन्होंने देने का वचन दिया है। लेकिन यहाँ के जो लोग हैं, वे विरोधी हैं।"

मैंने कहा, "यहाँ कौन-कौन हैं, आप कहिए, मैं मिलकर उनसे कहूँ।"

उदास होकर कुल्ली ने कहा, "वे लोग न करेंगे।"

मैंने नाम पूछा। कुल्ली ने नाम बतलाए।

मैंने कहा, "अच्छा, नम्बरदार, ये लोग आपसे नाराज क्यों हैं ?"

कुल्ली ने कहा, "सच बात कह दूँ; जब मैं मन्त्र लेवाकर आया, तब एक ने बड़े भले आदमी की तरह मुझसे आकर पूछा, 'कहो, नम्बरदार, कहाँ से मन्त्र लिवाया ?' मैंने बतलाया। यहाँ से एक आदमी अयोध्याजी गया, और वहाँ जाकर पूछा कि राय पथवारीदीन की स्त्री को मन्त्र दिया गया है, तो क्या यह मालूम कर लिया गया है कि वह किस जाति की है ? गुरुजी के चेले ने पूछकर कहा कि राय पथवारीदीन की स्त्री है, बस। उस आदमी ने कहा, 'आपको धोखा दिया गया है, वह मुसलमानिन है।' गुरुजी के मठ में खलबली मच गई। उनके चेले बिगड़ जाएँगे, तो आमदनी का क्या नतीजा होगा, और फिर अयोध्याजी है, जहाँ रामजी की जन्मभूमि पर बाबर की बनाई मस्जिद है—हिन्दू-मुसलमानवाला भाव सदा जाग्रत रहता है, सोचकर, समझकर चेले ने कहा—'आप जाइए, हम उसे छल करने की शिक्षा देंगे।' वह आदमी चला आया। मेरे पास चिट्ठी आई, 'तुमने हमसे छल किया, इसलिए कण्ठी-माला-मन्त्र वापस कर दो; नहीं तो हम उलटी कण्ठी बाँधकर, उलटे मन्त्र से उलटी माला जपकर अपना दिया मन्त्र वापस ले लेंगे।"

कौतूहलवर्धक बात थी। मैंने पूछा, "तब तो तुम्हें कोई अधिकार नहीं ?"

कुल्ली बोले, "जब तक दम नहीं निकलता। जब तक है, तब तक सबके जो अधिकार हैं, मुझे भी हैं; हालाँकि यन्त्र-मन्त्र पर मुझे यों भी विश्वास नहीं। लेकिन जिन्हें है, उन पर है। लिहाजा यह सब करना पड़ा।"

"फिर तुमने भी कोई जवाब दिया ?" मैंने पूछा।

"हाँ; कसकर। गुरुजी की बोलती बन्द हो गई। मैंने लिखा, जब आप शुद्ध की हुई मुसलमानिन को नहीं ग्रहण कर सकते, तब आप गुरु नहीं, ढोंगी हैं, आपने व्यापार खोल रखा है, आपमें

हृदय का बल नहीं, आप एक नहीं, सौ उलटी माला जपिए। हिन्दुओं ने बराबर समाज को धोखा दिया है। लेकिन यह कबीर की बहन है। इसे कोई धोखा नहीं दे सकता। इसमें श्रद्धा है। श्रद्धा न होती, तो मेरे पास न आती। कबीर को भी रामानन्द ने ऐसी ही बात कही थी। लेकिन कबीर समझदार था। इसीलिए आप-जैसे सैकड़ों गुरु उनके चेले हुए। हिन्दुओं को चराया, मुसलमानों को भी, और था महामूर्ख।'' कुल्ली ओज में आ गए थे। कहकर हाँफने लगे।

मैंने सोचा, कुछ सुस्ता लें। कुछ देर बाद मैंने पूछा, ''आपने महात्माजी को लिखा ?''

कुल्ली ने कहा, ''जान पड़ता है, वह भी ऐसे ही होंगे।''

मैंने कहा, ''नहीं, साल-भर अछूतोद्धार करने का उन्होंने कार्य ग्रहण किया है। देश के इस कोने से उस कोने तक दौरा करेंगे।''

कुल्ली ने कहा, ''बस, दौरा-ही-दौरा है। काम क्या होता है ? पहले अछूतों की बात नहीं सोची ? जब सरकार ने पेंच लगाया, तब खोलने के लिए दौड़े-दौड़े फिर रहे हैं।''

मैंने कहा, ''अच्छा, यह बताओ दोस्त, तुमने भी पेंच में पड़कर अछूतोद्धार सोचा है या नहीं ?''

कुल्ली नाराज हो गए। कहा, ''मेरे साथ भी कोई जमात है ? और अगर यही है, तो बैठा लें महात्माजी मुसलमानिन।''

''तुम कैसे हो ?'' मैंने डाँटा, ''वह बुड्ढे हो गए हैं, अब मुसलमानिन बैठाएँगे !''

कुल्ली शान्त हो गए। कहा, ''एक बात कही।'' फिर शायद खत लिखने की सोचने लगे। सोचकर कहा, ''कोई चारा नहीं देख पड़ता। हाथ भी बँधे हैं। लेकिन काम करना ही है। क्या किया जाए ?''

मैंने कहा, ''नम्बरदार, 'महाजनो येन गतः स पन्थाः' इसीलिए कहा है। जिधर चलना चाहते हों आप, उधर चले हुए बहुत आदमी नजर आएँगे आपको—आपसे बड़े-बड़े, उसी तरफ चले जाइए। आज तक ऐसा ही हुआ है। कोई कुछ काम करता है, तो दुनिया से ही वस्तु-विषय ग्रहण करता है, और उस विषय

के काम करनेवालों को देखता है, पढ़ता है, सीखता है, समझता है, तब अपनी तरह से एक चीज देता है। आप अछूतोद्धार कर रहे हैं, कीजिए, करनेवालों से मिलिए, उनकी आज्ञा लीजिए; जिन्हें अधिकांश जन मानते हैं, मेरे-आपके न मानने से उनकी मान-हानि नहीं होती, यही समझिए, मैं-आप उनके मुकाबले कितने क्षुद्र हैं। अगर यह धोखा है, तो इस धोखे को आप तो नहीं मिटा सकते ? आप अपना रास्ता भी नहीं निकाल सकते, क्योंकि अभी आपने ही कहा—चारा नहीं, हाथ भी बँधे हैं। महात्माजी को संसार की बड़ी-बड़ी विभूतियाँ मानती हैं। वह मामूली आदमी नहीं।''

कुल्ली कुछ देर स्तब्ध रहे। फिर साँस भरकर बोले, ''यहाँ कांग्रेस भी नहीं है। इतनी बड़ी बस्ती, देश के नाम से हँसती है, यहाँ कांग्रेस का भी काम होना चाहिए।''

कुल्ली की आग जल उठी। सच्चा मनुष्य निकल आया, जिससे बड़ा मनुष्य नहीं होता। प्रसिद्धि मनुष्य नहीं। यहीं मनुष्य बड़े-बड़े प्रसिद्ध मनुष्य को भी नहीं मानता, सर्वशक्तिमान् ईश्वर की भी मुखालिफत के लिए सिर उठाता है, उठाया है। इसी ने अपने हिसाब से सबकी अच्छाई और बुराई को तौला है, और संसार में उसका प्रचार किया है। संसार में कब उतरा ?

मैं कुल्ली को देख रहा था। एक साँस छोड़कर कुल्ली ने कहा, ''मधुआ चमार की औरत को कल तेज बुखार था, देखने जाना है, अस्पताल अगर न ले जा सका, तो डॉक्टर साहब के पैरों पड़ूँगा—देख लें, फीस के रुपए उसके पास कहाँ, मधुआ काम पर गया होगा, उसका लड़का ढोर चराने,'' कहकर, नमस्कार कर कुल्ली उठे। मैं देखता रहा, तेज कदम वह चले गए।

मैं उठकर महेश-गिरि-मठ के मेम्बरों से मिलने गया। मेम्बर वे ही होते हैं, जो प्रतिष्ठित हैं; जो प्रतिष्ठित हैं, उन्हें अप्रतिष्ठा की बातें सब समय घेरे रहती हैं। पहले लालाजी मिले। बड़े सज्जन हैं। दर्जी की दुकान पर खड़े थे। कोई कोट सिलने को दिया था। कपड़े के शौकीन हैं। घर के साधारण जमींदार। मेरे घनिष्ठ मित्र। दर्जी कई बार उनके मुँह पर कह चुका है कि रायबरेली छोड़कर डलमऊ में वह इसलिए है कि लाला साहब ने उसे पहचाना है और उसने

लाला साहब को; अगर मन का काम न मिला, तो कारीगर का जी नहीं भरता; लाला साहब एक-एक अंग नपाते हैं और देखते हैं, ठीक बैठा या नहीं।

मुझे देखकर प्राचीन पद्धति के अनुसार लाला साहब ने प्रणाम किया, दर्जी ने भी हाथ जोड़े। आशीर्वाद मैं देता नहीं, नमस्कार करता हूँ या खींस निपोरता हूँ। एक दिन मेरे पुत्र ने लड़कपन में पूछा था, ''बप्पा, कोई पैर लगता है, तो आप आसीस क्यों नहीं देते ?''

मैंने कहा, ''मामा के यहाँ रहते-रहते तुम्हारी जैसी आदत हो गई, मेरी वैसी नहीं हो पाई।''

मित्र ने डाँट के साथ पूछा, ''क्या है ?''

मैंने कहा, ''सुना, तुम महेश-गिरि-मठ के मेम्बर हो। तुम्हें लोग मानते भी बहुत हैं। मेरे मित्र हो, इसलिए समझदार हो, मैं भी मानता हूँ। एकान्त की एक बात है।''

मित्र गर्दन बढ़ाकर एकान्त की ओर चले। दर्जी समालोचक की दृष्टि से देखने लगा।

एकान्त में मैंने पूरे कविकण्ठ से गद्य में कहा, ''यार, कुछ अछूतों के लिए भी करो।''

''अहद...'' मित्र ने ध्वनि की, ''मैं समझ गया, कुल्ली ने पकड़ा होगा आपको। अरे, आप भले आदमी, इन बातों में न पड़िए। आपने तो जैसा सुना, वैसा ही समझा।''

''नहीं,'' मैंने कहा, ''मैं व्यंग्य बहुत लिख चुका हूँ; जैसे का वैसा ही नहीं समझता।''

''व्यंग्य क्या ?'' मित्र ने पूछा।

मैंने कहा, ''जैसे तुम्हारा सिर है। सिर होकर न हो, या इस पर चार सींगें हों।''

''यानी ?'' मित्र कुछ बिगड़े।

''अब यानी और क्या ?'' मैंने सीधे देखते हुए कहा।

''आप सही-सही बात कहिए।'' मित्र कुछ दोरुखे होकर बोले।

'अब आए !' सोचकर व्यंग्य में मैंने कहा, ''रास्ते पर, कल आठ-दस आदमी तुम्हारा नाम लेकर कह रहे थे, लाला की एक टाँग तोड़ दी जाए; जब देखो, दर्जी की दुकान पर खड़े रहते हैं।''

"ऐं !" लाला घबराए। पूछा, "कोई वजह भी मालूम हुई ?"

"कुछ नहीं," मैंने कहा, "काले-काले आदमी थे। यही पासी-चमार होंगे।"

लाला सोचकर निश्चय पर पहुँचने लगे। कहा, "हाँ, मैं समझ गया।"

लाला ने पूछा, "कुल्ली मिले थे ?"

"वह तो बहुत दिन से नहीं मिले। वे लोग क्यों बिगड़े हैं, मुझे अन्दाज लड़ानी पड़ी।"

सोचते हुए लाला दर्जी की ओर बढ़े। मैं पण्डितजी की ओर चला।

दिन के ग्यारह का समय होगा। पण्डितजी के यहाँ पहुँचा, तो देखा, पण्डितजी कनकैया उड़ा रहे हैं, संझा लखनऊ से मँगवाया है, इसलिए कि उनकी कनकैया कोई काट न पाए।

मैंने कहा, "एक जरूरी काम से आया था।"

बोले, "देख ही रहे हैं, अभी फुर्सत नहीं है।"

मैं समझ गया, यह और कड़ा मुकाम है। कहा, "रायबरेली से डिप्टी साहब आए हैं। गंगा नहाने आए थे। मैं यहाँ हूँ, जानते थे। क्योंकि उनसे मिलकर आया था, और उन्हें बुला भी आया।"

पण्डितजी को जैसे जूड़ी आ गई। पूछा, "कहाँ हैं ?"

मैंने कहा, "मेरे यहाँ ही हैं; आपको बुलाया है। साथ ही आते थे। मैंने कहा—'नहा चुके हो, गरमा जाओगे, फिर पैदल चलना है, और चढ़ाई भी है, मैं जाता हूँ, वह भी मेरे मित्र हैं, बुला लाता हूँ।' "

पण्डितजी ने नौकर को बुलाकर कहा, "अरे डोर लपेट। हमें डिप्टी साहब ने बुलाया है।"

नौकर ने पतंग ले ली। आप तुर्त-फुर्त नीचे उतरे, कपड़े पहनने लगे। तैयार होकर छड़ी लेकर चले। बड़ी जल्दी-जल्दी पैर उठ रहे थे। मैं उनकी चाल देखता साथ चलता जा रहा था। आधे रास्ते पर आकर पूछा, "अपने हल्के के महादेवप्रसादजी हैं ?"

मैंने कहा, "हाँ।"

न जाने क्या सोचते रहे। घर आकर मैंने बैठका खोला। बैठका खोलते ही उन्होंने पूछा, "डिप्टी साहब ?"

मैंने कहा, "अपनी ऐसी की तैसी में चले गए।"

"आपने मुझे धोखा दिया," पण्डितजी ने कहा।

"आपने मुझे कौन ज्ञान दिया था ?" मैंने कहा।

"बस, अब क्या कहूँ आपको !" पण्डितजी गरमाए हुए लौटे।

मैं तभी समझ गया था, इस मूर्ख की बुद्धि का कोठा बिलकुल खाली है। कहा, "जैसा मेरा आना-जाना व्यर्थ रहा, वैसा ही आपका; दुःख न कीजिएगा। जाइए, कनकैया उड़ाइए।"

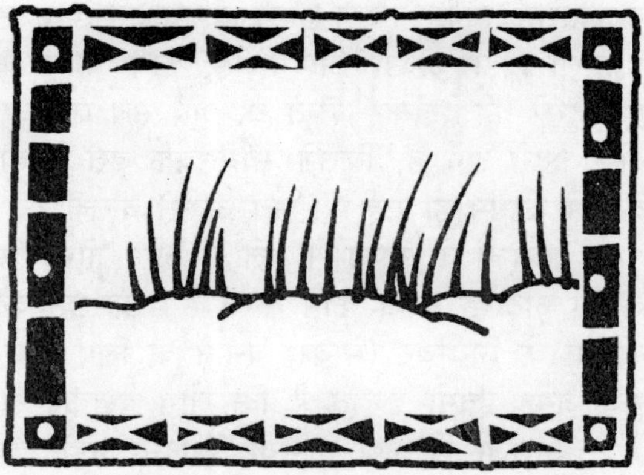

चौदह

मैं लखनऊ आकर कुछ दिनों बाद लौटा। कुल्ली ने अपने काम के सम्बन्ध में क्या किया, क्या कर रहे हैं, जानने की इच्छा थी, आग्रह था। जाने पर ससुराल में ही कुल्ली की तारीफ सुनी। श्रीमतीजी की जगह सलहज साहब थीं; अब तक दो-तीन बच्चे की माँ हो चुकी थीं, इसलिए इच्छा होने पर बातचीत छेड़ देता था, घूँघट के भीतर से श्रृंगार-साहित्य के उत्तर बड़े भले मालूम पड़ते थे।

एक दिन कहा भी कि महात्माजी पर्दे के खिलाफ प्रचार कर रहे हैं, तुम उनकी भक्त भी हो, फिर मेरे सामने क्यों घूँघट काढ़ती हो ?

उन्होंने कहा, "यों मेरी इच्छा नहीं, लेकिन यहाँ के आदमी ऐसे हैं कि कुछ-का-कुछ सोच लेते हैं।"

मैंने कहा, "तो अपनी आँखें ढँककर दूसरों की आँखों पर पर्दा डालना चाहती हो !...रहस्यवाद अच्छा है।"

ऐसी मेरी छोटी सलहज साहबा और सासुजी मेरे जाते ही

उच्छ्वसित होकर भिन्न-भिन्न वाक्यों से एक ही बात कर गईं, "कुल्ली बड़ा अच्छा आदमी है, खूब काम कर रहा है; यहाँ एक-दूसरे को देखकर जलते थे, अब सब एक-दूसरे की भलाई की ओर बढ़ने लगे हैं; कितने स्वयंसेवक इस बस्ती में हो गए हैं ! कांग्रेस कायम हो गई है। सब अकेले कुल्ली का किया हुआ है।"

सासुजी के सुपुत्र ने गले में और जोर देकर कहा, "अम्मा, कुल्ली अठारह घण्टा काम करते हैं। छह-छह कोस पैदल जाते हैं कांग्रेस के नियम्बर (मेम्बर) बनाने के लिए। बस्ती में और बाहर सब जगह इतनी इज्जत है कि लोग देखकर खड़े हो जाते हैं।"

सासुजी ने कहा, "भैया, आदमी नहीं, देवता है कुल्ली !"

सलहज साहबा ने कहा, "मैं तो उन्हें अवतार मानती हूँ। बिन्दा खटिक की दुलहिन मर रही थी; गाँव में इतने आदमी थे, कोई नहीं खड़ा हुआ, नम्बरदार ने अपने हाथों उसकी सेवा की।"

मैंने कहा, "जरा उनसे मिलना था।" मन में ऊधम मचा हुआ था कि महात्माजी को कुल्ली ने लिखा होगा, देखूँ, क्या जवाब आया।

साले साहब ने कहा, "मैं चला जाऊँगा," कहकर बड़ी तेजी से अपना डण्डा उठाकर, एक दफा अपनी बीवी को, फिर मुझे, फिर विश्वास की दृष्टि से अपनी अम्मा देखकर चले।

मैंने बाहर के बैठके का रास्ता लिया। इस समय कुछ प्रसिद्ध हो जाने के कारण, बस्ती के स्कूल-कॉलेज के पढ़नेवाले लड़के भी आते थे, उन्हें भी समय देना पड़ता था। प्रायः सबका पहला प्रश्न 'छायावाद क्या है' रहा। मैं उत्तर देता-देता अभ्यस्त हो गया था। समझाने में देर न होती थी, यद्यपि लड़कों की समझ में कुछ न आता था। बाद को आश्वासन देता था कि बाद को समझिएगा।

इन्हीं दिनों श्रीमान् बाबू इकबाल वर्मा साहब 'सेहर' से वहाँ मुलाकात हुई। अपनी सज्जनता और शुद्ध साहित्यिकता के कारण वह स्वयं पहले मुझसे मिलने आए थे—यह मालूम कर कि मैं वहाँ हूँ। मुझे यह जानकर बड़ी खुशी हुई कि 'सेहर' साहब की और मेरी एक ही बस्ती में ससुराल है। उनके साथ गोस्वामी तुलसीदासजी के सुप्रसिद्ध समालोचक-विद्वान बाबू राजबहादुर लमगोड़ा एम.ए., एल-एल.बी. साहब के भाई साहब भी थे।

लमगोड़ा साहब से मिलने की मेरी बहुत दिनों की इच्छा थी, क्योंकि उनकी आलोचना मुझे बहुत पसन्द आई थी, पर दुर्भाग्यवश मिल नहीं सका था। उनके भाई साहब से मैंने जिक्र किया, उन्हीं के मकान में; उन्होंने मुझे फतेहपुर बुलाया; फिर 'सेहर' साहब ने कविता सुनाने की आज्ञा की; मैंने सुनाई। ऐसी अनेक घटनाएँ हुईं; पर अप्रसिद्ध जनों की होने के कारण रहने दी गईं। सब जगह एक बात मैंने देखी, मेरी कविता पढ़कर लोग नहीं समझे, सुनकर समझे, और इतना समझे कि मुझे 'श्रुति' पर ही कविता को छोड़ना पड़ा।

बैठके में बैठा नए भाव रूपमयी की तलाश में था कि साले साहब आए, और बड़ी इज्जत से कुल्ली को दिखाकर—'यह है'—भीतर चले गए। उठकर मैंने कुल्ली का स्वागत किया। वह बैठे। देखा, चेहरा एक दिव्य आभा से पूर्ण है, लेकिन देह पहले से दुबली, जैसे कुल्ली समझ गए हैं, जीवन की सन्ध्या हो गई है, अब घर लौटना है। कविता का दिव्य रूप और भाव सामने जड़ शरीर में देखकर पुलकित हो उठा।

कुल्ली स्थिर भाव से बैठे रहे। इतनी शान्ति कुल्ली में मैंने नहीं देखी थी, जैसे संसार को संसार का रास्ता बताकर अपने रास्ते की अड़चनें दूर कर रहे हों ! मैं कुछ देर और चुपचाप बैठा रहा।

कुल्ली ने एक साँस छोड़ी, जैसे कह रहे हों, 'संसार में साँस लेने का भी सुबीता नहीं, यहाँ बड़ी निष्ठुरता है; यहाँ निश्छल प्राणों पर ही लोग प्रहार करते हैं; केवल स्वार्थ है यहाँ, वह चाहे जन-सेवा हो, चाहे देश-सेवा; इस सेवा से लोग अपनी सेवा करना चाहते हैं। किसान इसलिए कांग्रेस में आते हैं कि जमींदार की मारों से, सरकार के अन्याय से बचें, और जमीन उनकी हो जाए; गरीब इसलिए तारीफ करते हैं कि उन्हें कुछ मिलता है। पर इतना ही क्या सबकुछ है ? क्या इससे जीवन को शान्ति मिलती है ? शायद साँस के रहते नहीं।'

इतना स्तब्ध भाव था कि बात करने की हिम्मत नहीं होती थी। इसी समय साले साहब भीतर से जल-पान ले आए, और कुल्ली के सामने आदरपूर्वक रखते हुए बोले, "रात-भर दुखिया

चमार की सेवा करते हैं, उसकी स्त्री का देहान्त हो गया है, दुखिया बीमार है। आज लालगंज जाएँगे, वहाँ कांग्रेस का काम है। कल दुपहर को जल-पान किया था, तब से ऐसे ही हैं।''

चुपचाप तश्तरी उठाकर कुल्ली नाश्ता करने लगे। चेहरा सुर्ख। मनुष्यत्व रह-रहकर विकास पा रहा है। देखकर मैंने सिर झुका दिया।

कुल्ली नाश्ता करके हाथ-मुँह धोकर बैठे, पान खाया। एक तृप्ति की साँस ली। उन्हें कुछ देर तक एकटक देखकर मेरे साले साहब ने प्रस्थान किया।

बड़ी हिम्मत करके मैंने पूछा, ''नम्बरदार, फिर महात्माजी को लिखा था ?''

कुल्ली मुस्कुराए। कहा, ''अब क्या कहूँ ?''

मेरे लिए इतना बहुत था। एक दफा बैठके के इस तरफ से उस तरफ तक टहल आया। नाटक के पार्ट काफी कर चुका था। प्रभावित होकर कहा, ''बड़ा गुस्सा लगता है। कितना बड़ा नेता क्यों न हो, आदमी की पहचान नहीं कर पाता। करें भी कहाँ से ? दस-पाँच जगह कार्यकर्ताओं ने धोखा दिया कि समझ बैठे, सब धोखेबाज हैं,'' कहकर कुल्ली को देखा, प्रभाव पड़ रहा था। कहा, ''मैं तो इसीलिए राजनीति में भाग नहीं लेता। मैं जानता हूँ, मुझे प्राविंशल कांग्रेस कमेटी का भी प्रेसीडेंट न बनाएँगे, और कहने से भी बाज न आएँगे कि सिपाही का धर्म सरदार बनना नहीं है। लेकिन सरदार सरदार ही रहेंगे—सैकड़ों पेंच कसते हुए, ऊपर न चढ़ने देंगे।'' कुल्ली जगे। ध्वनि में प्रतिध्वनि होती ही है। कहकर मैं बैठ गया। पूछा, ''क्या जवाब दिया महात्माजी ने ?''

''कुछ नहीं,'' कुल्ली ने शुरू किया, ''मैंने सत्रह चिट्ठियाँ (सत्रह या सत्ताईस कहा, याद नहीं) महात्माजी को लिखीं, लेकिन उनका मौन भंग न हुआ। किसी एक चिट्ठी का जवाब महादेव देसाई ने दिया था। बस, एक सतर—इलाहाबाद में प्रधान ऑफिस है, प्रान्तीय, लिखिए।''

''आपने फटकारा नहीं ?'' मैंने उग्र सहानुभूति से कहा।

कुल्ली खाँसकर बोले, ''आप क्या समझते हैं ? मैंने लिखा—महात्माजी, आप मुझसे हजार गुना ज्यादा पढ़े हो सकते

हैं, तमाम दुनिया में आपका डंका पिटता है, लेकिन हर एक की परिस्थिति को आप हरगिज नहीं समझ सकते। अगर समझते, तो मौन न रहते। जब मौन हैं, तब आप भगवान हरगिज नहीं हो सकते। भगवान अन्तर्यामी होते हैं, आप अन्तर्यामी नहीं हैं। यह मुझे पूरा-पूरा विश्वास हो गया है। आपको बनियों ने भगवान बनाया है, क्योंकि ब्राह्मणों और ठाकुरों में भगवान हुए हैं, बनियों में नहीं। जिस तरह बनियों ने आपको भगवान बनाया है, उसी तरह आप बनिया-भगवान हैं।''

मैंने कहा, ''अरे, कुछ काम की बात भी लिखी ?''

''काम की बात तो सत्रह बार लिख चुका था।''

''तो यह अट्ठारहवाँ पत्र है, या अट्ठाईसवाँ ?''

''यह मुझे याद नहीं। आप आइएगा, तो आपको नकल दिखाऊँगा।''

मैंने कहा, ''बीच-बीच में दोहा-चौपाई-शेर भी लिखे थे ? इसमें प्रभाव पड़ता है।''

''उस वक्त कुछ याद ही नहीं आया। जो समझ में आया, लिखा। यह तो जानता ही हूँ कि मूर्ख हूँ, बड़ी बड़ाई मूर्ख कह लेंगे। लेकिन भगवान तो मूर्ख और पण्डित नहीं मानते, उनकी दृष्टि में सब बराबर हैं।''

''लेकिन गाँधीजी ऐसे भगवान नहीं। वह तो सबको भगवान बनाना चाहते हैं, इसलिए लोग उन्हें अवतार कहते हैं।''

''झूठ है,'' कुल्ली ने कहा।

मैंने पूछा, ''अच्छा, फिर आपने क्या किया ?''

''फिर इलाहाबाद को लिखा (अछूतों के जिस ऑफिस का नाम कुल्ली ने लिया, वह मुझे याद नहीं) लेकिन पहले वहाँ से भी जवाब न आया, तब मैंने पं. जवाहरलालजी को लिखा।''

''कैसे लिखा, यह कहिए।''

गम्भीर होकर कुल्ली बोले, ''पहले तो सीधे-सीधे लिखा, जैसा सबको लिखा जाता है। बड़े आदमी हैं, इसलिए कुछ इज्जत के साथ लिखा, लेकिन उसका उत्तर जब न आया—तब डाँटकर लिखा। अरे, अपने राम को क्या, रानी रिसाएँगी, अपना रनवास लेंगी !''

मैं ताड़ गया, राजा इस समय कुल्ली खुद हैं; इसलिए राजा नहीं कहना चाहते। कहा, "इस साल जवाहरलालजी राष्ट्रपति हैं, राजा कहना चाहिए था।"

"वह राजा-रानी एक हैं।" कुल्ली ने कहा, "दूसरे पत्र का जवाब तो उन्होंने नहीं दिया, लेकिन पत्र को अछूतों के कार्यालय में भिजवा दिया। वहाँ से जवाब आया कि मदद की जाएगी। रायबरेली में जिलावाली ऑफिस से रुपए लीजिएगा, यहाँ से भेज दिए जाएँगे।"

मैंने पूछा, "फिर आपको रुपए मिले ?"

"हाँ, एक बार, बस," कहकर कुल्ली ने बाहर की तरफ देखा। कहा, "बड़ों की बातें बड़े पहचानें। ज्यादा कहना उचित नहीं। अपने सिर दोष लेना सीख रहा हूँ। इतना है कि तबियत नहीं भरी, जिस तरह चार पैसे के भोजन से सीधे व्यवहार से भरती है। मुझे लालगंज जाना है। वहाँ से उधर देहात घूमूँगा। कांग्रेस के मेम्बर बना रहा हूँ। फुर्सत कम रहती है। पाठशाला आपकी भाभी चलाती हैं। एक दिन जाइएगा। मैं कई रोज के लिए जा रहा हूँ। बहुत दुर्बल भी हूँ। भगवान के भरोसे अब नाव छोड़ दी है। कोई खेनेवाला नहीं देख पड़ा। अच्छा, कुछ खयाल न कीजिएगा, नमस्कार।"

कुल्ली चले गए। अब यह वह कुल्ली नहीं हैं। प्रायः पचपन-छप्पन की उम्र। लेकिन कितनी तेजी ! कोई उपाय नहीं मिला, किसी ने हाथ नहीं पकड़ा, कुछ भी सहारा नहीं रहा, तब दूसरी दुनिया की तरफ मुँह फेरा है। कितना सुन्दर है, इस समय सबकुछ कुल्ली का ! मैं देखता और सोचता रहा।

पन्द्रह

दो-तीन दिन रहकर कुल्ली की पाठशाला और पत्नी को देखकर मैं लखनऊ चला आया। लेकिन जी नहीं लगा। कोई शक्ति मुझे डलमऊ की तरफ खींच रही थी, वहाँ की श्यामल-सजल प्रकृति, निर्मल गंगा, सुन्दर घाट, दिगन्त-विस्तार रह-रहकर याद आने लगा। सबसे अधिक आकर्षण कुल्ली का। एक जैसे पारलौकिक स्नेह मौन आमन्त्रण दे रहा था—तुम आओ, तुम आओ। इसी समय याद आया, बहुत दिनों से डलमऊ की कतकी नहीं नहाई। इस बार चलकर नहाएँ।

इस तरह तीन ही चार महीने के अन्दर फिर डलमऊ गया। गंगा-तट की शारद प्रकृति बड़ी सुहावनी मालूम दी। सघन वृक्षावली में एक पुरानी स्मृति जैसे लिपटी हो। प्रकृति जैसे वर्षा से नहाकर निखर गई है। चारों ओर उज्ज्वलता। कुल्ली के लिए ऐसा ही उज्ज्वल समय आ गया है, सोचकर मन हर्ष से भर गया। मैं इक्के पर चला जा रहा था, पहले दिन की याद आई, जब कुल्ली मिले। वह अदालती फैशन का बिगड़ा कुल्ली आदर्श

आदमी बन गया है।

इक्का ससुराल के सामने रास्ते पर रुका। आदमी आया। सामान उतार ले गया। सासुजी फाटक के सामने खड़ी हुईं। इक्केवाले को पैसे दिला दिए। उतरकर मैंने उनके चरण छुए। भीतर गया। सलहज साहबा तिदरे के सामने आकर खड़ी हुईं। यह स्वागत था—कलश उनके प्राकृतिक थे, साक्षात् प्रकृति को मन में नमस्कार किया। त्रुटियाँ बहुत होती हैं, लेकिन इनकी कृपा के बिना पर्दा पार करना दुःसाध्य है, बहुत पहले से जानता था। भविष्य की भगवान जाने। साले साहब भीतर थे। बाहर निकले ! कहा, "जीजा, कुल्ली सख्त बीमार हैं, आप बड़े मौके से आए। मुलाकात हो जाएगी। डॉक्टर साहब कहते थे, अब नहीं बचेंगे—कम-से-कम हमारे मान की बात नहीं रही, क्योंकि यहाँ वैसे अस्त्र नहीं हैं, न वैसी दवा है; रायबरेली ले जाएँ, वहाँ बचना हुआ, बच जाएँगे। कल जाइए, देख आइए।"

मैंने पूछा, "हुआ क्या है ?"

उन्होंने मुँह बिगाड़कर कहा, "गर्मी। पहले थी, इधर दौड़े बहुत, क्वार की धूप सिर से उतरी, फाके किए, बीमार हो गए। लेकिन जीजा, यहाँ कोई गाँव नहीं, जहाँ कुल्ली ने कांग्रेस के नियम्बर (मेम्बर) नहीं बनाए। नीचे का पेट तक सड़ गया है—सेरों पस निकलता है, इतनी बदबू आती है कि कोई छन-भर नहीं ठहर सकता। और..."

मैंने कहा, "और क्या ?"

साले साहब मुस्कुराकर रह गए।

मैंने कहा, "हँसने की कौन-सी बात है ?"

अपनी अम्मा और पत्नी की तरफ देखकर साले साहब ने मुझे एकान्त में चलकर बुलाया, और मेरे जाने पर कान के पास मुँह ले जाकर कहा, "लिंग लापता है।"

"लापता ?" मैंने सन्देह के प्रकाश्य स्वर से पूछा।

"हाँ।" उन्होंने कहा, "लोग कहते हैं, अब नहीं रहा। कहते हैं—अब अगर कुल्ली जी भी गए, तो कुल्लियायन क्या करेंगी ?"

मैं गम्भीर होकर चारपाई पर आकर बैठा।

सलहज साहबा गम्भीर होकर बोलीं, "हाँ, कुल्ली की बहुत खराब हालत है।"

सासुजी मेरे जलपान की व्यवस्था के लिए भीतर चली गई थीं। अपनी बहू की बात सुनकर उन्हें भीतर बुलाया। मैं दम साधे बैठा रहा। जलपान के बाद घर की और-और बातें होती रहीं।

दूसरे दिन सवेरे धूप निकलने पर मैं कुल्ली के यहाँ गया। रास्ते में कई स्वयंसेवक उधर जाते हुए मिले, दरवाजे पर कई अछूत लड़के, उनके तीन-चार अभिभावक। सबके चेहरे कह रहे थे, कुल्ली नहीं बचेंगे। मैं भीतर गया।

ठीक उसी जगह, जहाँ पहले दिन कुल्ली बैठे थे, आज पड़े दीखे। आज वे भाव यथास्थान अपनी कुरूपता को प्राप्त हैं, लेकिन मुख पर नहीं। मुख पर दिव्य कान्ति क्रीड़ा कर रही है। प्रवेश करते ही ऐसी बदबू आई कि जान पड़ा, एक क्षण नहीं ठहर सकूँगा। हिम्मत करके खड़ा रहा। विद्या और अविद्या का आधा-आधा भाग कुल्ली की देह में पूर्ण रूप से प्रकाशित था। कुल्ली कुछ ध्यान में थे। आँखें खोलकर देखा—सामने देखकर, "आह ! आप हैं ? बड़े सौभाग्य, बड़े सौभाग्य, अब मैं कुछ नहीं चाहता," कहकर विह्वल हो गए। एक अछूत से सिरहाने की तरफ बिस्तरा बिछा देने के लिए कहा, मुझसे कहा, "यह हाल है। बड़ी बदबू मिलती होगी। लेकिन इधर न मिलेगी। दिल के ऊपर मैं नहीं चढ़ने दे रहा। मुझे इसका रूप देख पड़ता है। हृदय से ऊपर मैं बहुत अच्छा हूँ। सिरहाने बैठकर बताइए, बदबू मिलती है ?"

बैठकर मैंने मालूम किया, वास्तव में उधर बदबू नहीं थी। क्या कहूँ, क्या करूँ, कुछ समझ में नहीं आ रहा था। पाँच रुपए निकाले, और कुल्ली की स्त्री को देते हुए कहा, "आप दूध पीजिएगा।"

कुल्ली कुछ न बोले। केवल ऊपर की तरफ देखा। कुछ देर फिर मौन रहा।

मैंने पूछा, "डॉक्टर साहब क्या कहते हैं ?"

"डॉक्टर क्या कहेंगे ? अब कहने की बात नहीं रही। ईश्वर की इच्छा।" कुल्ली ने आँखें बन्द कर लीं।

कुछ देर तक मैं बैठा रहा। फिर बाहर निकला। कुल्ली की

स्त्री रोने लगीं। कहा, "रायबरेली ले जाने के लिए कहते हैं। खर्चा यही पाँच रुपया है। डोली में आएँगे नहीं। लारी कोई आएगी, यहाँ खाली होगी तो उसमें ले जाऊँगी, लेकिन फिर वहाँ क्या होगा ? वहाँ भी खर्चा है," कहकर रोने लगीं।

मैंने कहा, "आप इन्हें ले जाइए। मैं कुछ रुपए चन्दा करके रायबरेली आता हूँ। आगे ईश्वर मालिक है।"

आश्वस्त होकर कुल्ली की स्त्री देखती रहीं, मैं धीरे-धीरे बाहर चला।

घर में दूसरे दिन मालूम किया, कुल्ली की स्त्री एक लारी पर कुल्ली को लेकर रायबरेली गई हैं। उत्तरदायित्व बढ़ गया। डलमऊ के स्वयंसेवकों को लेकर कांग्रेस-कमेटी के दफ्तर गया। वहाँ प्रेसीडेंट साहब अपना पक्का मकान बनवा रहे थे। उन्हीं के अधबने मकान के एक कमरे में कांग्रेस-कमेटी का दफ्तर है। स्वयंसेवकों ने मेरा परिचय दिया। कुल्ली का काम वह देख चुके थे। रुपए की बात मैंने कही, तो बोले, "कांग्रेस का यह नियम नहीं, वह आपसे रुपए ले तो सकती है, पर दे नहीं सकती।"

"यह मैं जानता हूँ, पर जिसे योग्य समझती है, उसे इतना देती है कि दूसरों को पता नहीं चलता।"

बोले, "आपका मतलब ?"

मैंने कहा, "यह तो पहले अर्ज कर चुका।"

एक प्रेसीडेंट की हैसियत से बोले, "रुपए नहीं दिए जाएँगे।"

मैंने कहा, "पहले मैं पाँच रुपए दे चुका हूँ, अब और दो रुपए दे रहा हूँ। रायबरेली का खर्च बरदाश्त करूँगा। इससे अधिक इस समय मेरी शक्ति नहीं। तीन रुपए और तीन सज्जन मित्रों से एक-एक रुपया चन्दा करके लिया है। कुछ आप दे दें, तो काम चल जाएगा।"

उन्होंने कहा, "सात रुपए विजयलक्ष्मी के स्वागत के खर्च से बचे हैं, आठ हो चुके हैं, हालाँकि वह आईं नहीं, लेकिन वे रुपए जमा कर दिए गए हैं।"

मैंने कहा, "विजयलक्ष्मीजी के स्वागत से कुल्ली नम्बरदार की जान ज्यादा कीमती है, यह तो आप मानते हैं ?"

उन्होंने कहा, "मैं सबकुछ जानता हूँ। लेकिन यही

शहरवाले जब घर बन गया, तब कहते हैं, दो हाथ म्युनिसिपैलिटी की जगह बढ़ा ली है।''

'इसीलिए आप विजयलक्ष्मीजी का ध्यान कर रहे हैं ?' मैंने मन में कहा। खुलकर कहा, ''कोई विजयलक्ष्मीजी का स्वागत करता है, तो पहले पता लगाती हैं–क्यों स्वागत किया गया। अगर कारण कोई उन्हें पाएदार मालूम हुआ, तो उसके पाए उखाड़कर तब दम लेती है। मैं तो लखनऊ में रहता हूँ, रोज देखता-सुनता हूँ। साक्षात् विजयलक्ष्मी हैं।'' हाथ जोड़कर मैंने प्रणाम किया, ''कभी किसी से नहीं मिलतीं, इसीलिए, देश में क्या, संसार में उनकी जोड़ नहीं। लेकिन उन्हें मालूम हो जाए कि किसी ने कांग्रेस के किसी कार्यकर्ता के पीछे एक रकम फूँक दी है, तो फिर उनसे जो चाहे, करवा ले।''

लाला मुँह फुलाए सुनते रहे। पूछा, ''आपसे मिलती हैं ?''

मैंने कहा, ''नहीं, किसी से नहीं। लेकिन काम की बात होती है, तो इनकार भी नहीं करतीं।'' मैंने फिर नमस्कार किया, ''साक्षात् देवी !''

लाला ने कहा, ''तो वे सात रुपए हैं, ले जाइए।''

''हाँ,'' मैंने कहा, ''दीजिए, बड़ी देर हो गई।''

लालाजी से रुपए लेकर मैंने रायबरेली जाने की तैयारी की। कुल्ली के एक मुसलमान मित्र भी स्टेशन पर मिले, वहीं जा रहे थे। रायबरेली पहुँचने पर सिविलसर्जन से मालूम हुआ, पहले से दशा सुधार पर है, क्योंकि पहले चिल्लाते थे, अब चुप रहते हैं। कुल्ली को देखने पर उलटा फल मालूम दिया–शक्ति बिलकुल क्षीण हो गई है। ऑपरेशन के बाद से चित्त ऊबता जा रहा है। कुल्ली ने यहाँ भी कहा, ''डॉक्टरों को कुछ नहीं आता। मैं कहता हूँ, ढाढ़स न दीजिए, मैं चन्द घण्टों का मेहमान हूँ, लेकिन कहते हैं, नहीं, यह दिल की घबराहट है, तुम अच्छे हो जाओगे।''

मैं देखता था, कुल्ली की वाणी में, मुख पर, दृष्टि में कोई दोष नहीं, उसकी कोई उपमा भी नहीं दी जा सकती।

इसी समय सर्जन साहब भी देखने आए। कुल्ली ने कहा, ''बाबूजी, मैं बचूँगा नहीं, लोगों को अब मेरे ही पास रहने दीजिए, उन्हें फल और दवा के लिए दौड़ाएँ नहीं।''

डॉक्टर साहब ने कहा, ''अगर तुम्हें यह दिव्य ज्ञान था, तो यहाँ आना ही नहीं था; जब आए हो, तब जैसा हम कहते हैं, करो। पहले तुम्हारा गला सोने पर घरघराता था, अब बन्द हो गया है।''

कुल्ली ने कहा, ''बाबूजी, मेरा गला नहीं घरघराता था, नाक बोलती थी, अब कमजोर हो गया हूँ, नहीं बोलती।''

''चुप रहो,'' डॉक्टर साहब ने कहा, ''नाक बजना और गला घरघराना एक बात नहीं। हम खुद देख-सुन चुके हैं। बोलो मत।''

डॉक्टर साहब दूसरे रोगी की तरफ चले गए। कुल्ली सीधी-सरल दृष्टि से उन्हें देखते रहे।

डलमऊ में मैंने सुना था, जब से कुल्ली की हालत और संगीन हुई, तब से उनकी स्त्री के यहाँ एक क्षण पैर नहीं जमते। रायबरेली-भर में भागी फिरती हैं।

मैंने बात साफ कर लेने के लिए पूछा, ''क्या दुःख से ?''

उत्तर बहुत शोभित नहीं मिला।

लेकिन, जब मैं गया, दुर्भाग्यवश वह वहाँ नहीं थीं। रुपए लिए खड़ा रहा। वह सुनी बात रह-रहकर याद आती रही। अन्त में जब धैर्य जाता रहा, तब मैंने कहा, ''आपकी श्रीमतीजी नहीं हैं, कुछ रुपए लाया हूँ।''

कुल्ली ने साथ गए मुसलमान सज्जन की ओर इशारा करके कहा, ''इन्हें दे दीजिए। वह बेचारी तो इस-उस काम से दिन-भर मारी-मारी फिरती है।''

मैंने रुपए दे दिए। रहने के लिए कुल्ली ने पूछा, ''यहाँ कहाँ रहिएगा ?''

मैंने कहा, ''कुछ मदद रायबरेली से भी पहुँचाने का इन्तजाम करूँगा। मेरे एक मित्र यहाँ ट्रेजरी अफसर हैं। उनके बँगले में ठहरूँगा। वहीं बातचीत करूँगा।''

नमस्कार कर मैं बिदा हुआ। कुल्ली ने कहा, ''अब मुलाकात न होगी।'' आँखों से आँसू टपक पड़े। मैं वहाँ से बाहर निकल आया।

सोलह

ट्रेजरी अफसर से कुल्ली की मदद के लिए कहकर मैं डलमऊ चला आया। दो ही तीन रोज में मालूम हुआ, कुल्ली का देहान्त हो गया है; उनकी लाश डलमऊ लाई जा रही है, डलमऊ के स्वयंसेवक अछूत और कांग्रेस-कार्यकर्ता जुलूस निकालेंगे। फिर नाव पर शव लेकर गंगाजी के उस पार अन्तर्वेद में जलाएँगे। दाह के लिए कुल्ली-वंश के कोई दीपक बुलाए गए हैं, उनकी स्त्री चूँकि विवाहिता नहीं, इसलिए उसके हाथ अन्तिम संस्कार न कराया जाएगा। मैं स्तब्ध हो गया। कुल्ली का यह परिणाम देखकर, लेकिन साथ ही कस्बे-भर के मनुष्यों की उमड़ती हुई सहानुभूति से आश्चर्य भी हुआ। एक साधारण आदमी देखते-देखते इतना असाधारण हो गया। दुःख था, अब कुल्ली से मुलाकात न होगी। कुल्ली मुझे क्या समझने लगे थे, यह लिखकर कलम को कलंकित न करूँगा। उनके जीवन पर किसकी गहरी छाप थी, यह मुझसे अधिक कोई नहीं जानता। कुल्ली साधारण आदमी थे, हिन्दी के सुप्रसिद्ध व्यक्ति प्रेमचन्दजी और 'प्रसादजी' अन्तिम

समय में अपना एक-एक सत्य मुझे दे गए थे; वह मेरे ही पास रहेगा, इसलिए कि उसकी बाहर शोभा न होगी, कदर्थ होगा; उनकी महान् आत्माएँ कुंठित होंगी। ऐसा ही एक सत्य कुल्ली के पास भी था। मनुष्य अपने समझे हुए जीवन की समझ ऐसे ही परिवर्तन के समय पाता है, और देता है। कुल्ली कुछ पहले दे चुके थे, इन लोगों ने बाद को दी, इसलिए कि इनमें स्पर्द्धा थी, इनसे स्पर्द्धा करनेवाला हिन्दी में न था।

दूसरे की मैं नहीं जानता, मुझ पर एक प्रकार का प्रभाव पड़ता है, जो दुःख नहीं, नशे की तरह का है, जब किसी प्रियजन का वियोग होता है, या वैसा भय मुझमें आता है। कुल्ली का देहान्त हो गया है, मैंने बैठके में सुना था। कुल्ली की लाश डलमऊ पहुँची, उस समय मैं बैठके में था, स्वयंसेवक दो बार बुलाकर तीसरी बार बुलाने आया। जब जुलूस निकल रहा था, मैं वहीं था, न जा सकने की बात कही। कुल्ली को फूँककर लोग वापस आए, मैं वहीं बैठा था। घर के लोग देख-देखकर लौट गए। शाम को प्रकृतिस्थ होकर भोजन किया। कुल्ली की स्त्री चिल्ला-चिल्लाकर आसमान फाड़ रही है, सुना करता था; जा नहीं सका। दस दिन हो गए। कुल्ली का दसवाँ समाप्त हो गया। अवश्य मुझे यह मालूम न था कि कुल्ली का दसवाँ हो गया, एकादशा है।

एकादशा के दिन दस बजे के करीब कुल्ली की स्त्री को देखने गया। उस समय वहाँ एक घटना हो गई थी, इसलिए कुल्ली की स्त्री में कुल्ली की अपेक्षा मुसलमानिनवाला भाव प्रबल था।

मुझसे स्वर को खींचकर कहा, "नम्बरदार तो चले गए, उनका सब काम हो गया, लेकिन दस दिन तक जो लोग आए, रहे, वे आज एकादशा को क्यों नहीं आएँगे ? मैं आपसे पूछती हूँ, यह हिन्दुओं का खरापन है या दोगलापन ?"

बात कुछ मेरी समझ में नहीं आई। मैंने कहा, "भाव जरा और साफ करके बताइए। मैं इतने से नहीं समझा।"

श्रीमती कुल्ली दोनों हाथ के पंजे उठाकर उपदेश की मुद्रा में बोलीं, "देखिए, आप तो आए नहीं; नम्बरदार को दाग

दिया—उनके हैं कोई, मैं नहीं जानती; अच्छा भाई, दाग दिया तो दिया; दस रोज माना, ठीक है; दसवें दिन पण्डित और टोला-पड़ोस, गाँवघर के सब आदमी थे। दाग देनेवाले ने मुझसे कहा, इतना तो हम कर देते हैं। लेकिन साल-भर हम न मान सकेंगे, हमें काम है, फिर हमारे चाचा भी बीमार हैं—अरे हाँ, कुछ हो जाए, तो उनके भी कोई नहीं, इसलिए सपिण्डी तुम ले लो। पण्डित ने भी कहा, 'ठीक है, ले लो।' गाँव के दस भलेमानसों ने भी कहा। मैंने कहा, अच्छी बात है, पण्डित जब कहते हैं, तक ले लें। सपिण्डी ले ली। अब आज होम है। पण्डित को बुलाया, तो कहते हैं, हम न जाएँगे।"

मैंने पूछा, "क्यों ?"

जो बुलाने गया था, वह एक अछूत लड़का था। उसने कहा, "मन्नी पण्डित ने कहा है, एक तो यों ही हमारी बहन की शादी नहीं होती, क्योंकि हम गंगापुत्रों के यहाँ पण्डिताई करते हैं, कुल्ली की स्त्री के घर होम कराने जाएँगे, तो कोई पानी भी न पिएगा।"

"सुन लिया आपने ?" कुल्ली की स्त्री ने कहा, "यहाँ मन्नी पण्डित कल कहते थे—सपिण्डी ले लो। अगर तुम्हें काम नहीं करना था, तो तुमने कहा क्यों ? और जब कहा, तब आओगे कैसे नहीं ? दस आदमी गवाह हैं—रामगुलाम पण्डित, राजाराज गंगापुत्र, धोखे महाब्राह्मण..."

मैंने कहा, "यह अदालत तो है नहीं। जो नहीं आना चाहता, उसे दूसरे मजबूर नहीं कर सकते।" मन्नी पण्डित की दशा मुझे मालूम थी। वह कुलीन कान्यकुब्ज हैं। लेकिन उनकी बहन प्रायः बीस साल की हो गई थी, कोई ब्याह नहीं करता था। कारण, वह गंगापुत्रों के यहाँ यजन करते थे, उनका धान्य लेते थे। मन्नी के लिए दूसरा उपाय जीविका का न था।

मैंने कहा, "आप घबराइए नहीं। आपका काम हो जाएगा।"

कुल्ली की स्त्री ने आश्वास की साँस ली। कहा, "अब आप ही लोग हैं!" कहकर कृत्रिम करुणा से जैसे कण्ठावरोध हो गया—आँखों में आँसू आ गए हों—आँचल एक दफा आँखों पर फेर लिया। फिर जोश में आकर बोलीं, "बिना आपके गए वह

न आएँगे। आप ऐसे ही कहिएगा कि...''

''मैं समझ गया,'' मैंने कहा, ''मेरी वहाँ जरूरत नहीं। नहाकर मैं यहीं आता हूँ। तब तक आप एक दफा पण्डित को और बुला भेजें। मैं अभी आता हूँ। वह न आएँगे, तो मैं हवन करा दूँगा।''

कुल्ली की स्त्री को जान पड़ा, साक्षात् वशिष्ठजी उनके घर जा रहे हैं।

मैं ससुराल की तरफ लौटा। रास्ते में ज्योतिषीजी का मकान है। यह वही ज्योतिषी हैं, जिन्होंने मेरा विवाह बिचारा था; मैं मंगली था, ससुरजी इनकार कर रहे थे, लेकिन इनके पिता वहाँ के बृहस्पति थे—राना साहब, राजा साहब, लाल साहब, सब उन्हें मानते थे, अब भी उनके लड़कों को मानते हैं—उन्होंने कहा, विवाह बहुत अच्छा है, अगर लड़की को कुछ हो जाएगा, तो बुरा नहीं, फिर जहाँ लड़का मंगली है, वहाँ लड़की राक्षस है, पटरी अच्छी बैठती है। तब से इस खानदान पर मेरी एक-सी श्रद्धा चली आई है। ज्योतिषीजी मुझसे बड़े हैं। प्रणाम कर मैंने तिथि और संवत् वगैरा पूछा। ज्योतिषीजी चौंके। मैं किस काट और कोटि का आदमी हूँ, जानते हैं। पूछा, ''क्या करोगे ? तुम और तिथि ?''

मैंने कहा, ''मन्नी पण्डित बहन के ब्याह के डर से कुल्ली के घर नहीं जाना चाहते। हवन कराऊँगा। 'मासानां मासोत्तमे' तो हर महीने आप लोग कहते हैं। संकल्प में तिथि जान लेना जरूरी है।''

पण्डितजी ने पूछा, ''हवन कैसे कराओगे ? क्या तुम यह सब जानते हो ?''

''जानता तो दरअसल कुछ नहीं,'' मैंने कहा, ''लेकिन यह जानता हूँ कि हवन में ब्रह्म से लेकर देव-दानव, यक्ष-रक्ष, नर-किन्नर, सबमें चतुर्थी लगती है, बाद 'स्वाहा' और इतनी संस्कृत मुझे आती है कि कुल बातें अपनी रची संस्कृत में करूँ, यहाँ के पण्डितों से क्रिया शुद्ध होगी, क्या कहते हैं ?''

पण्डितजी ने कहा, ''हाँ, यह तो है।''

''अच्छा, पंचांग दीजिए,'' मैंने कहा, ''जल्दी है।''

पंचांग लेकर ससुराल गया। मेरे हाथ में देशी जूता देखकर सासुजी को उतना आश्चर्य न होता, जितना पंचांग देखकर हुआ। पूछा, ''यह क्या है भैया ?''

''पंचांग,'' मैंने कहा, ''चौकी और घड़ा-भर पानी रखा दीजिए, जल्दी है, नहा लूँ।''

''क्या है ?'' सासुजी ने आश्चर्य से पूछा।

''मन्नी पण्डित कुल्ली के एकादशा को नहीं गए, सपिण्डी कुल्ली की स्त्री ने ले ली है, इसलिए; कहते हैं, एक तो यों ही गंगापुत्रों की पुरोहिती के कारण लोग पानी पीते डरते हैं, फिर तो बहन बैठी ही रह जाएगी।'' पंचांग रखकर मैं कपड़े उतारने लगा।

शंकित होकर सासुजी ने कहा, ''तो तुम यह सब क्या जानो ?''

''मैं जानता हूँ,'' मैंने कहा।

''तो तुम वहाँ पुरोहिती करने जाओगे ?''

''हाँ, और एक जोड़ा जनेऊ निकाल लीजिए, पहन लूँ नहाकर।''

सासुजी घबराईं। कहा, ''बच्चा, तुम हमें मेटोगे !''

''कैसे ?'' चौकी की ओर चलते हुए पूछा।

''ऐसे कि लोग हमारे यहाँ का खान-पान छोड़ेंगे।''

मैंने कहा, ''मैं आपका ससुर हूँ या अजियाससुर ?'' मेरे पापों का फल आपको क्यों भुगतना पड़ेगा, मेरा दिया हुआ पिण्ड-पानी जबकि आपको नहीं मिल सकता ? आप मुझे चौके में न खिलाइए, बस।''

सासुजी रोने लगीं। मैं नहाने लगा। नहाकर जनेऊ पहना। कहा, ''मैं जनेऊ नहीं पहनता, यहाँ वाले जानते थे। तभी यहाँ का खान-पान छोड़ दिया होता। मैं ढोंगियों को जानता हूँ।''

नहाकर कपड़े पहने। चलने को हुआ, तो सासुजी को जैसे होश हुआ। बोलीं, ''खाए जाओ।''

मैंने कहा, ''लौटकर खाऊँगा।''

''नहीं,'' सासुजी ने कहा, ''तुम वहाँ खा लोगे !'' अपनी बहू से कहा, ''गुट्टो, परस तो जल्दी।''

जल्दी-जल्दी भोजन कर मैं निकला। देखता हूँ, चारों ओर से लोगों का ताँता बँधा है—सब कुल्ली के घर जा रहे हैं। 1937 ई. में काफी प्रसिद्ध हो चुका था, कुछ प्राचीन भी, चालीस पार कर चुका था। एकादशा कराने जा रहा हूँ, वहाँ के जीवन में सबसे बड़ा आश्चर्य था।

कुल्ली के घर में आदमी नहीं अँट रहे थे। सबमें कौतूहल की दृष्टि। कुल्ली की स्त्री में भी वैसी ही श्रद्धा। वह समझती थीं, मैं कृतार्थ हो गई। लोग मुझे देखकर शरमा-शरमाकर काना-फूसी करने लगते थे। बहुतों को यह शंका थी, यह कैसे कराएँगे। मैं निश्चिन्त था। मुख देखकर लोगों को विश्वास हो जाता था।

यथासमय मैं आँगन में जाकर बैठा। सामने हाथ जोड़कर कुल्ली की स्त्री बैठी। लोग कोई खड़े, कोई बैठे। कोई भीतर, कोई बाहर। मैं चौक पूरने लगा। सुरबग्घी लड़कपन में बहुत खेल चुका था। वैसा ही एक चौकोर घेरा बनाया। लेकिन जानता था कि नौ कोटे नवग्रहों के बनते हैं, बनाए। बालू की वेदी पर हवन की लकड़ी रखी। घट में स्वस्तिका बनाई। सामने गौर रखी। घट का दीया जलाया।

मन्त्र पढ़ते वक्त बार-बार अटकता था, क्योंकि पण्डिताऊ स्वर नहीं निकल रहा था। कुछ देर सोचता रहा, ब्रजभाषा-काल में हूँ, सूरदास का सूरसागर और तुलसीदास की रामायण पढ़ रहा हूँ। अपने-आप वैसा ही मनोमण्डल बन गया। फिर क्या; अपनी संस्कृत शुरू की। संकल्प, गणेश-पूजन, गौरी-पूजन, घट की प्राण-प्रतिष्ठा करने लगा। लोग प्रभावित हो गए। खड़े जो जैसे रहे, रह गए, जैसे कवि-सम्मेलन में कविता पढ़ते वक्त होता है। पूजन कराकर, हवन कराने लगा, उँगली के पोरों में संख्या रख रहा हूँ। दिखाता हुआ। घी मेरे पास था, साकल्य कुल्ली की स्त्री के पास। कुछ जाने-पहचाने नाम तो लिए, फिर जो जीभ के सामने आया, उसी के पीछे चतुर्थी छोड़कर 'स्वाहा' कहने लगा। कह दिया था, मेरे कहने के बाद कुल्ली की स्त्री स्वाहा कहती थी। हवन में जितनी देर लगती है, लगी। देखनेवाले अब तक पूर्ण रूप से आश्वस्त और विश्वस्त हो गए थे। पीछे की गर्द झाड़कर उठ-उठ चलने लगे थे। कुछ सहनशील बैठे हुए थे।

हवन पूरा हो जाने पर साल-भर ब्रह्मचर्य के साथ पति की क्रिया करते रहने की प्रतिज्ञा कराई, यहाँ भी अपनी ही संस्कृत थी—'मैं पं. पथवारीदीन की धर्मपत्नी' की संस्कृत उपस्थित लोगों में प्रायः सभी समझे। सुनकर मुस्कुराए। एक छोर से दूसरे छोर तक दौड़ी इस मुस्कान के भीतर मैंने कुल्ली की एकादशा-क्रिया समाप्त की। यजमान को आशीर्वाद देकर सीधा भेज देने के लिए कहा, और बाहर निकला।

बाहर निकल रहा था कि आलोचना सुन पड़ी, "सब ठीक हुआ। बन गई कुल्ली की।"

खाँसकर गम्भीर मुद्रा से मैं ससुराल की तरफ बढ़ा।

शाम को कुल्ली के यहाँ से सीधा आया। मैंने सासुजी से कहा, "रखा लीजिए। आप लोग इसमें से कुछ न लीजिए। कल पूड़ी बना दीजिएगा।"

देखकर सासुजी ने कहा, "एक दफे में तुम्हारे खाए न खाया जाएगा, इतना घी है।"

मैं गम्भीर होकर रह गया।

दूसरे दिन सवेरे, जैसी आदत थी, चिकवे के यहाँ से गोश्त ले आया।

देखकर सासुजी ने कहा, 'भैया, तुम तो आज पूड़ी खाने के लिए कहते थे !"

मैंने कहा, "कुल्ली की स्त्री पहले मुसलमानिन थीं; इसलिए प्रकृति ने उनके संस्कारों के अनुसार मुझे गोश्त खाने के लिए प्रेरित किया है। इसमें दोष नहीं।"

कहानियाँ

क्या देखा*

प्रेस की बगल में थाना है जहाँ शान्ति के ठेकेदार रहते हैं। हिन्दू-मुसलमानों की एकता के दृश्य कोई आँखें खोलकर देखना चाहे तो जब चाहे, हमारे पच्छिमवाले झरोखे से झाँककर देख ले। यह अनन्य प्रेम हम सुबह-शाम हमेशा देखा करते हैं। तारीफ तो यह कि वह प्रेम केवल मनुष्यों में नहीं, वहाँ के पशु-पक्षियों में भी है। हिन्दुओं के पालतू कुत्ते और मुसलमानों की मुर्गियाँ भी प्रेम करती हैं। उनका द्वेषभाव बिलकुल दूर हो गया है। वहीं पीपल के पेड़ के नीचे एक छोटे-से चबूतरे पर भगवान भूतनाथजी स्थापित हैं। चार चावल चढ़ाकर चक्रवर्ती बनने के अभिलाषी शिवजी के अनन्य भक्त हिन्दुओं में से हर एक चार-चार चावल तो जरूर चढ़ाता है और श्रद्धेय शिवजी को अपने पंजों में फाँसकर जैसे नीचेवाले पर ऊपरवाला हाथ हफ्ते के सवारी कसता है, मुर्गियाँ शिवजी पर चढ़ाए चावल चुगा करती हैं और मारे

* यह मेरी पहली कहानी है, 1923 ई. में 'मतवाला' के कई अंकों में निकली थी। यहाँ काट-छाँट के साथ दी गई है।–निराला

आनन्द के सिर उठाकर 'कूकड़ूँ-कूँ' की हर्षध्वनि से हिन्दुओं को चक्रवर्ती (चक्की में पिसनेवाला) बना देने के लिए खुदा से दुआ माँगती हैं।

मुझे रात को नींद नहीं आई। सुबह को बिस्तर पर से उठकर चारपाई की बगल में मेज के सहारे बैठा हुआ आपबीती नई घटना पर बड़े गौर से विचार कर रहा था। वह घटना बड़ी लम्बी-चौड़ी थी और श्रृंगार से बीभत्स तक प्रायः सभी रस उसमें आ गए थे। सोचने लगा :

'उसका प्रेम सच्चा है या झूठा ? उसने कहीं प्रेम की नकल तो नहीं की ? परन्तु क्यों फिर उसने अपने पीछे मर मिटनेवाले—पसीने की जगह खून की नदियाँ बहानेवाले बड़े-बड़े करोड़पतियों को उस दिन टके-सा जवाब दे दिया ? वे बेचारे अपना-सा मुँह लेकर लौट गये। अगर वह वेश्या है तो वह उसी की क्यों न हुई जिसके पास धन है ? परन्तु यह किसी दुश्मन की कारस्तानी भी हो सकती है कि मुझे फँसाने के लिए उसने सधकर यह जाल रचा हो ? लेकिन उसकी भरी हुई आवाज में बनावट नहीं थी—त्रियाचरित्र का स्वर नहीं बज रहा था। कुछ हो, मैंने जिस शान पर स्त्री का मुँह देखने से इनकार कर दिया, उसे अन्त तक जरूर निभाऊँगा। बुरा हो इस साहित्य-सौन्दर्य का जिसके फेर में पड़कर कवि सुन्दरलालजी के साथ मुझे वेश्यालय जाना पड़ा और सौन्दर्योपासना की प्रथम पूजा मैंने एक वेश्या के चरणों पर अर्पित की !'

इतने में 'कुकड़ूँ-कूँ' के कर्कश नाद ने कान ऐंठ-से दिए। चौंक पड़ा, विचार का सिलसिला टूट गया।

दस बजते-बजते सुन्दरलालजी की भेजी हुई एक चिट्ठी मिली। चिट्ठी उनका नौकर मेज पर रख गया था। मालूम हुआ कि चिट्ठी मेरी नहीं, उनकी है; कारण से मेरे पास भेजी गई है। पत्र की इबारत इस तरह है :

13, न्यू स्ट्रीट, कलकत्ता
—3.9.'23

'प्रिय सुन्दरजी,

आज शाम को आप अपने मित्र को लेकर जरूर आइए। आपके मित्र, वही जो उस दिन बुध को आए थे। जियादा और क्या लिखूँ...

आपकी
—हीरा'

बस, इतने ही से पत्र के बाहरी समाचार के सिवा उसका अन्दरूनी मतलब समझ में नहीं आया। सिर पर सन्देह का भूत सवार था ही, लगा विचार की सीधी-टेढ़ी गलियाँ झाँकने। मैंने लाख प्रयत्न किए, पर इस बागी से मेरी एक न चली, और चलती भी कैसे ? सवार तो वही था न ? मैं तो उस वक्त किराए का टट्टू ही बन रहा था। अगर सौन्दर्योपासना की शरण लेता और उस देवी की भेंट—घड़ीभर का मोजरा सुनना कबूल करता तो पहरों की उधेड़-बुन में पड़ा अब तक हैरान न होता, पर इज्जत का खयाल अंगद की तरह पैर जमाए रास्ता रोके हुए था। हठी मन बार-बार कह उठता था, 'असम्भव क्यों है ? सौन्दर्योपासना और ब्रह्मचर्य-पालन दोनों एक साथ क्यों नहीं निभ सकते ?' विरोधाभास कहता था, 'तो फिर चलो, सुनो मोजरा, डरते क्यों हो ?—अनबूड़े बूड़े तिरे जे बूड़े सब अंग।' दुश्मनों की शिकायत का खयाल और महिलाओं की मर्यादा रखने की आदत पीछे हटाते थे तो साहित्य, संगीत, कला-कौशल, रूप-लावण्य, अंगों की चारुता और मनोभावों की विशदता, सौन्दर्य का सारा परिवार लालच में फँसाकर लगाम ढीली कर देता था और बढ़ने का इशारा करता था। इस मौके पर रामायण की अच्छी-अच्छी जितनी चौपाइयाँ याद थीं, घोख डालीं, पर असर उनका कुछ न हुआ। संस्कार महाराज मन के चर्खे पर सूत-जैसा कात रहे थे, गुनगुनाहट की तरफ ध्यान नहीं दिया। अन्त को यही सूझा कि चलकर सुन्दरलालजी का सहारा माँगूँ, हाथ लगा देंगे तो बेड़ा पार हो जाएगा, नहीं तो डोंगी करवट है ही।

नंगे सिर क्वार की कड़ी धूप बरदाश्त करते हुए किसी तरह

मैंने मील-भर रास्ता तय कर डाला। सुन्दरलालजी पुस्तकालय में बैठे हुए कुछ लिख रहे थे। मुझे देखते ही कलम रख दिया और मुस्कुराते हुए कहा, ''इतनी जल्दबाजी ? अभी तो पूरे छह घण्टे और इन्तजार करना है।''

''बात क्या है सुन्दरलालजी, मेरी कुछ समझ में नहीं आता,'' मैं एक साँस में कह गया, ''इससे मेरी ऐसी कोई जान-पहचान नहीं, क्यों वह इतना मेरे पीछे पड़ रही है ? मुझे बचाइए।''

''अजी, वह बाघ है जो खा जाएगी ? बुलाया है तो जरा देर मोजरा सुन लो। इससे चरित्र में धब्बा न लग जाएगा। यहाँ सभी ऐसा करते हैं और साहित्य-सेवा के लिए यह आवश्यक विषय है।''

''नहीं, आप मुझे उसके पंजे से बचाइए।''

''ढोंग न करो। न जाओ, बस। यों कालिदास से लेकर अब तक जितने अच्छे कवि हुए, सबके लिए, कहते हैं—जब साहित्य की बीमारी बढ़ी, दवा एक यही रही जिससे कुछ फायदा पहुँचा। कल के छोकरे हो, साहित्य का परिणाम बाद को समझोगे।''

कुछ उत्तर देना घाव को ताजा करना था। मैं लौट गया।

ठीक समय पर सुन्दरलाल हीरा के मकान पहुँच गए। बैठक में कई कुर्सियाँ रखी थीं, एक पर बैठ गए। बाँदी हीरा को खबर देने के लिए लचकती हुई दूसरे कमरे में गई। दीवार पर कई चित्र टँगे थे, प्रायः सभी हीरा के नाचते-गाते समय के। एक चित्र मर्दाने वेश का भी। सुन्दरलाल नजर गड़ाए हुए उसे देखते और अपने नोट-बुक में कुछ नोट करते रहे। जान पड़ा, कविता के लिए सामग्री संग्रह कर रहे हैं।

बाँदी से आवश्यक बातें पूछकर हीरा बाहर बैठक में आई। सुन्दरलाल का आग्रह आँखों के रास्ते निकलकर हीरा के मुँह पर छा गया। लेकिन उसके वैमनस्य से टकराकर अलग हो गया। सुन्दरलाल के मन की कमनीय कल्पनाएँ अपनी-अपनी बारी से हीरा के स्वागत के लिए गईं, परन्तु जेठ के आगे अचानक पड़ी

हुई बहू की भाँति लाज घूँघट में मुँह मूँदकर चली आई। सुन्दरलाल पतिंगे की तरह उस आग में जलना चाहते थे, पर शीशा लगा था, घुस न सकते थे।

हीरा तीन मिनट तक चुपचाप खड़ी रही, जैसे उनके वार झेलने के लिए पहले से तैयार होकर गई थी। समुद्र को इतना शान्त देखकर मल्लाह समझ गए कि जल्द तूफान उठनेवाला है। मेघों का गरजना बन्द हुआ, हवा धीमी पड़ी, सटे बादलों में पहले आसमान देखने का जरा-सा छेद नहीं रहा; लोग समझ गए, वर्षा जोरों की होगी।

''सुन्दरलालजी,'' इतना कहकर हीरा सँभल गई। भीतर का भाव शब्दों से बाहर हुआ चाहता था। उसे भाव पर अधिकार रखने की आदत थी। कितने मूर्खों को सहाने के नाम से सोहनी सुनाई और इनाम लिया। सहज स्वर से पूछा, ''आपके मित्र नहीं आए ?'' आग्रह प्रकट हुआ, न लापरवाही। उसने सुन्दरलाल को जाँच करने का मौका भी नहीं दिया, झट पानदान से पान निकालकर पहले की तरह बनावटी भाव दिखलाते हुए, उनकी तरफ हाथ बढ़ाया। पान लेकर सुन्दरलाल अपने श्रेष्ठताभिमान में फूलकर बोले, ''कहते थे, 'हम बदनामी से डरते हैं।' हम ऐसे मनुष्य को मनुष्य नहीं समझते—मामूली पढ़ा आदमी !''

हीरा की दृष्टि का सुन्दरलाल के अंगों में कड़ा पहरा था, जैसे झूठ में सच की तलाश करना चाहती थी। उसने 'बदनामी' को ध्यान से सुना। फिर अनमनी हो गई, थोड़ी देर के लिए।

सुन्दरलाल : ''गाना कब से होगा ? अभी तो साजिन्दे भी नहीं आए !''

हीरा : ''शायद आज गाना न होगा। साजिन्दे पुखराज के घर गए हैं। मेरी तबीयत अच्छी नहीं। आपके मित्र ऐसे हैं, मैं जानती तो हरगिज उन्हें न बुलाती। उस दिन कहीं से भटककर आ गए थे, जान पड़ता है। कहाँ रहते हैं ?''

सुन्दरलाल : ''यहीं, कलकत्ते में।''

हीरा : ''तो वहीं रहते होंगे जहाँ कूड़ा फेंका जाता है !'' कहकर हीरा मुस्कुराई।

सुन्दरलाल : ''नहीं, रहते तो बड़ी अच्छी जगह हैं, 3 ग्रे

स्ट्रीट में। उनका स्वभाव ही ऐसा है।''

हीरा : ''कह तो नहीं सकती, पर मेरी तबीयत आज अच्छी नहीं; लेटी थी, आपके आने से उठकर चली आई।''

सुन्दरलाल : ''अच्छा-अच्छा, आप आराम कीजिए।''

सुन्दरलाल को विदा करने में हीरा की तरफ से कोई त्रुटि नहीं हो पाई। जब तक वे आँख की ओट नहीं हो गए, हीरा खिड़की के पास खड़ी रही। उनके चले जाने पर 3 ग्रेट स्ट्रीट लिख दिया।

एक अरसा गुजरा। सुन्दरलाल के मित्र बीमार पड़े थे। दो दिन से अच्छे हैं। पलँग पर बैठे विचार में गोते लगा रहे हैं :

'बीमारी के वक्त बुलाने पर भी सुन्दरलाल नहीं आए। नौकर जाता था तो बहाना बनाकर टाल देते थे। अगर नाराज हों तो वजह नहीं समझ में आती। टेढ़े पड़ने का कोई और कारण हो तो अच्छा हो लूँ, फिर पूछ लूँगा। अभिन्न-हृदय मित्र, दुःख के दिनों में मुँह फेर लें, चिन्ता की बात है। परन्तु मेरी बीमारी के समय से रोज शाम को जो नौजवान सिक्ख अमरसिंह आता है, इरादे का पक्का और सच्चा मित्र जान पड़ता है। शाम को रोज डॉक्टर बुला लाता था, नुस्खा लेकर बाजार से दवा ले आता था, ठीक समय पर पिलाने के लिए नौकर को कितना समझाता था और बातचीत से मेरा दिल बहलाए रहता था—कितनी खबरें सुनाता था। जान पड़ता है, संवाद-पत्र बहुत पढ़ता है। शाम हो गई, आता होगा।'

मालिक की गम्भीर मुद्रा देखकर भजना को खबर देने की हिम्मत नहीं पड़ती थी। एक कदम बढ़ता था तो दस कदम बढ़ जाने के समय तक उसी जगह खड़ा मालिक का मुँह ताकता रहता था। दिल मजबूत करके कुछ बढ़ता था तो फिर ठिठककर ठहर जाता था। बाहर अमरसिंह आज्ञा की इतनी प्रतीक्षा नहीं कर सके। बारीक आवाज से जवाँमर्दी का नारा बुलन्द करते हुए बोले, ''क्यों भजना, बाबूजी सोते हैं क्या ? सोते हों तो खींच ले

पकड़कर चदूदर। अभी आज पथ्य दिया गया और जरा देर नहीं बैठे कि हाजमा न बिगड़े, लेट गए।''

इस आवाज ने चिन्ता के द्वार की जंजीर इस जोर से खटखटाई कि चिन्ता देवी को कान के सूराख से बाहर निकलना पड़ा। चौंककर मालिक ने भजना की गजेन्द्रगति देखी, बिना पूछे नहीं रहा गया, ''क्यों रे, पैर रखता है या जमीन नापता है ? वह अगवानी की चाल कब से सीखी ?'' भजना के मन में आया, कहे—'जब से आपको खयाली पुलाव पकाने का शौक हुआ,' लेकिन सभ्य समाज के शिष्टाचार-पालन का उसे कुछ अभ्यास पड़ गया था, इसलिए उजड्ड आजादी के अल्फाज थूक के घूँट के साथ उसे गले के नीचे उतारने पड़े।

उसने कहा, ''अमरसिंहजी देर से खड़े हैं।''

''देर से ? उन्हें अब रोकना नहीं।''

अमरसिंह सिक्ख तो हैं, पर कद के उतने लम्बे नहीं। इन्हें हिन्दुस्तान के दूसरे लोग तो नहीं, पर सिक्ख जरूर बौना कहेंगे। इनके कद की लम्बाई बालों ने ले ली है। अगर सिक्ख इनसे बालिस्त-भर ऊँचे निकलेंगे, तो इनके बाल अपनी बिरादरी में सानी नहीं रखते, कम-से-कम पूरे दो हाथ ज्यादा निकलेंगे। बहादुर नौजवान के बालों के बोझ से तकलीफ मिलती है या नहीं, इसकी मैंने तहकीकात नहीं की पर यह जरूर है कि बालों पर डटे रेशमी साफे के नीचे चाँद का टुकड़ा गोरा-गोरा मुखड़ा दबता नजर आता है। साफा क्या, पूरा थान लपेट लिया है। आते ही उन्होंने पूछा, ''क्यों साहब, आप कैसे हैं ?''

''अच्छा हूँ; आपको किन शब्दों में धन्यवाद दूँ ? ऐसा शब्द नहीं मिलता जिससे कृतज्ञता प्रकट करूँ; आपने मुझे सदा के लिए मोल ले लिया।''

''रखिए तह कर। चार दिन में भूल जाइएगा। फिर ऐसे मुँह फेर लीजिएगा जैसे कभी की पहचान न रही हो। सच कहता हूँ, अपनी इतनी उम्र में दुनिया के बहुत रंग देख चुका। आप परमात्मा के कृतज्ञ हूजिए जिनकी कृपा से खड़े हुए।''

''परमात्मा के कृतज्ञ सभी हैं—भलाई में भी और बुराई में भी। सच पूछिए तो परमात्मा की दोहाई देना एक चाल हो गई है, जैसे तकियाकलाम होता है। परमात्मा को किसी ने देखा नहीं, सिर्फ सुना है; सुनते-सुनते लोग संस्कार की रस्सी में बँध गए हैं और बात-बात में परमात्मा की रट बाँधते हैं। मैं इसे ऐब समझता हूँ। यों, निर्विकार ईश्वर मानना पड़ता है, पर उसे किसी की बधाई की क्या अपेक्षा और गलतियों की क्या परवा ? जहाँ भले-बुरे का प्रसंग है, वहाँ परमात्मा को घसीटना अन्याय है; भले और बुरे में किसी का हाथ है तो मनुष्य का, निन्दा और प्रशंसा का पात्र मनुष्य ही बनाया जा सकता है।''

''आप बड़े विद्वान जान पड़ते हैं। परमात्मा की बातचीत में दखल देना मेरे लिए मूर्खता का परदाफाश करना है; पर इसमें सन्देह नहीं कि आदमी आज जो कुछ कहता है, कल उससे बदल जाता है। क्या इस विषय को लेकर आपके दर्शनकारों ने बाल की खाल नहीं निकाली ? लेकिन रहने दीजिए, आप बोलने लगते हैं तो घंटों दम नहीं लेते। अभी आप कमजोर हैं, दिमाग में गर्मी छा जाएगी। हाँ, उस दिन आपने क्या नाम बतलाया था ?...भूल गया।''

''एक नाम भी आप बार-बार भूल जाते हैं।''

''नाम है या संस्कृत शब्दों की पँचलड़ी ! इसलिए मैं अपने दिए नाम से आपको पुकारा करता हूँ।''

''आपका पँचलड़ी शब्द भी अच्छा रहा ! जरा कुछ जनानापन आ गया है !''

''आपमें मर्दानापन भी है ? जनानापन की गवाही तो आपकी शक्ल देती है। आपके नाम में जितना मर्दानापन है या कहिए, जैसा भारी-भरकम नाम है, वैसा ही जनानापन आपके चेहरे में लोगों को मिलता है।''

''आप नहीं समझे, इसे लावण्य कहते हैं।''

''लेकिन इसकी जरूरत तो स्त्रियों को होती है, मर्दों को तो जवाँमर्दी चाहिए।''

''जवाँमर्दी से आपका मतलब कसाइयों की-सी सूरत बना लेने से तो नहीं ? अगर ऐसा है तो आप मतलब नहीं समझे।

जिसके मन में जैसी भ:वनाएँ होती हैं, उसका रूप वैसा ही बन जाता है। अगर मेरे चेहरे पर कठोरता के चिह्न नहीं नजर आते तो समझना चाहिए, मैं मनुष्यता के बाधक विचार नहीं किया करता, बल्कि ऐसे विचार किया करता हूँ जिनका प्रकाश मेरे चेहरे पर रहता है।''

''अच्छा, अपना नाम बताने के साथ यह भी बताने की कृपा कीजिए कि वे कैसी कमनीय कल्पनाएँ हैं जिनकी उधेड़-बुन में आपने अपनी जनानी सूरत बना डाली ?''

''मेरे पिता संस्कृत के भारी पण्डित थे। उन्होंने मेरा नाम जानकीवल्लभशरण बिहारी रखा, पर लोग मुझे बिहारी ही कहते हैं।''

''आप हैं भी बिहारी।''

''हाँ, मुझे बिहारी होने का गर्व है, जैसे बंगालियों को बंगाली होने का, मद्रासियों को मद्रासी होने का...''

''अर्थात् विशेषता कुछ नहीं रही, जैसे किसी को कुछ होने का।''

''खैर, मैं देखता हूँ, हर मनुष्य में बल्कि हर जीव में प्रेम की धारा बहती है।''

''सो तो बहती है। आप देखते हैं, इतनी ज्यादती है या कहना चाहिए, आप बिहारी हैं इसलिए खास तौर से देखते हैं।''

''गम्भीर विषय में मजाक अच्छा नहीं। मैं उसी धारा में, उसी आनन्द में डूबा रहता हूँ।''

''मुझे विश्वास नहीं। मुझे जान पड़ता है, आप झूठ कह रहे हैं। आप उस सिद्धान्त की बात करते हैं जिसका प्रमाण आप नहीं दे सके।''

''क्यों, प्रमाण पर ही तो बहस छिड़ी, प्रमाण मुँह है।''

अमरसिंह ने मुस्कुराकर आँखें फेर लीं। कहा, ''इसका प्रमाण अपना मुँह नहीं हो सकता, दूसरे का हो सकता है।''

दोनों की मुस्कुराती हुई आँखें एक हो गईं।

अमरसिंह ने कहा, ''मैं आपको प्यारेलाल कहा करूँगा। बिहारी कहूँगा तो दूसरे फबतियाँ कसेंगे।''

उसी समय मेज पर निगाह गई। एक नई पत्रिका दिखी।

उठा ली। 'माधुरी' थी। अमरसिंह पन्ने उलटने लगे।

प्यारेलाल ने पूछा, " 'माधुरी' आपके यहाँ नहीं आती ?"

"आती है।"

"फिर क्यों पन्ने उलट रहे हैं ?"

"एक कविता निकली है, आपको दिखाने के लिए।"

"कौन-सी ?"

"यह...यही तो एक कविता इस बार छपी है।"

"हाँ, बड़ी अच्छी है। मैं पढ़ चुका हूँ।" प्यारेलाल ने अमरसिंह की खोली कविता पर निगाह डालते हुए कहा।

"कविता वियोग-श्रृंगार पद है," अमरसिंह ने सीधे तौर से कहा।

"नहीं, मेरा खयाल है, कवयित्री के हृदय के भाव हैं, तभी इतनी चोट करते हैं।"

"मेरी तो, ऐसे रोने-धोने से सहानुभूति नहीं होती।"

"पर चीज बहुत बढ़िया बन पड़ी है। भाव बहुत सही उतरा है। शब्द की कहीं कोई फाँस नहीं। मैं एक आलोचक की दृष्टि से कहता हूँ।"

"इस मामले में मेरे आलोचक की दृष्टि आप नहीं समझते।"

"आपको व्यंग्य पसन्द है ?"

"पसन्द मुझे असल में सबकुछ है या कुछ नहीं। व्यंग्य पकड़ में आता भी है ?"

"क्यों नहीं ?"

"मैं तो देखता हूँ, नहीं आता।"

"यानी मैं व्यंग्य नहीं समझता ?"

"यानी मुझे साफ-साफ कहना चाहिए कि आप सर्वज्ञ हैं।"

"नहीं, सर्वज्ञता की बात नहीं, पर भले-बुरे की पहचान हो जाती है। यह रचना प्रथम श्रेणी की है।"

"अच्छा, पत्रिका मुझे दीजिए, मैं अपने एक प्रोफेसर से पूछूँगा।"

"अभी तो आपने कहा था कि आपके पास पत्रिका आती है !"

"पर मैं साथ तो नहीं ले आया ? यहाँ से चलते समय प्रोफेसर साहब से मिलता जाऊँगा।"

"अर्थात मेरी बात पर आपको विश्वास नहीं ? आप क्या मालूम करना चाहते हैं—छन्द, रस, अलंकार, ध्वनि ?"

"यानी आप खुद सबकुछ बतलाएँगे, पर पत्रिका नहीं देंगे।"

"अभी मैंने पूरी पढ़ी नहीं।"

"अच्छा, इसकी लेखिका हीरा कौन है ?"

प्यारेलाल कसमसाए। अमरसिंह निगाह गड़ाए देखते रहे। कुछ देर बाद कहा, "अच्छा, पढ़ लीजिए, फिर ले जाऊँगा।"

प्यारेलाल अनमने थे। अमरसिंह विदा हुए।

कई दिनों से प्यारेलाल अच्छे हैं। शाम को अमरसिंह आते हैं, गपशप करते हैं, चले जाते हैं। प्यारेलाल अमरसिंह की सेवा की जितनी तारीफ करते थे, आजकल उनकी भोली सूरत पर उतने ही ललच पड़े हैं। अमरसिंह का चेहरा उनके दिल की तसवीर से मिलता-जुलता है। पहले वे अमरसिंह की सेवा को जिस पवित्रता से देखते थे, अब चेहरे को उसी पवित्रता के विचार से देखते रहते हैं। उन्हें बड़ी तृप्ति मिलती है, एक प्रकार की शक्ति भी ऊपर को उठती हुई उन्हें ऊँचा उठा देती है। उन्हें यह मालूम नहीं हुआ कि इस तरह पवित्रता-दर्शन से कामना के चेहरे पर पड़ा नकाब उठता गया। वह कामना भयंकर न होकर भी भयंकर थी। उससे खतरे में पड़ने की सम्भावना थी। वह जानबूझकर आसक्ति से मित्रता थी। उससे ब्रह्मचर्य की जड़ भी कटती थी। पर प्यारेलाल यह नहीं समझ सके। वे रूप की लालसा, सौन्दर्य के मोह को साहित्य समझे, जिससे एक दुर्बल हृदय बाहर खिंचा आ रहा था, आँखों की राह से निकलकर एक अतृप्त अभिलाषा बाहर की वस्तु पर सिर पटक रही थी। जब दृष्टि सुन्दर से लिपटती है, तब कुत्सित से हट जाती है—उसे अवज्ञा का धक्का मारती हुई। यही भ्रम है। प्यारेलाल यह नहीं समझे। वे अमरसिंह को जितनी देर के लिए आते थे, उतनी देर तक चाह-भरी दृष्टि से उन्हें

देखते रहते थे—कभी आँखों की, कभी होंठों की, कभी हृदय में अमृत घोल देनेवाली बातचीत की और कभी प्रकृति के कोमल हाथों से सजाए उनके हर अंग से निकलते लावण्य की मन-ही-मन प्रशंसा करते थे।

कल शाम को अमरसिंह नहीं गये। न जाने का कोई कारण नहीं था। मित्रता गहरी थी। प्यारेलाल बैठे इन्तजार करते सोचते रहे, कहीं अटक गए होंगे, आते होंगे। पर दस बजे रात तक अमरसिंह नहीं गए। हताश होकर भोजन-पान करके प्यारेलाल लेटे। देर तक नींद नहीं आई।

सुबह को अखबारवाला 'दैनिक स्वतन्त्र' दे गया। शुरूवाले पृष्ठ पर बड़े-बड़े अक्षरों में लिखा था :

ईडन गार्डन में हत्याकांड

एक साथ दो खून !

मिस्टर हाग के कलेजे में छुरी भोंकी गई और हीरा के सिर में गोली लगी।

'हीरा' नाम पढ़ते ही प्यारेलाल चौंक पड़े। बड़ी उत्सुकता मजमून पढ़ने की हुई। पढ़ने लगे। मजमून थोड़ा था। लिखा था : 'मिस्टर हाग ब्रौन एण्ड कम्पनी के मैनेजर थे और हीरा 13, न्यू स्ट्रीट कलकत्ता की प्रसिद्ध बाई। अब तक इतना ही पता चला है। खून क्यों हुआ, पुलिस इसकी तहकीकात कर रही है। स्त्री-पुरुष के खून में दोनों के चरित्र का अनुमान किया जाता है। अनुमान से बलात्कार की गवाही मिलती है, क्योंकि हीरा के हाथ में छुरी थी। विपत्ति में पड़कर, जान पड़ता है, उसने छुरी चलाई। घायल होने पर, मरने से पहले, साहब ने फायर किया। तमंचा सात गोलियों का है। एक गोली छूटी, छह भरी हुई मिलीं।'

पढ़ने के साथ प्यारेलाल के सिर से पैर तक नस-नस में बिजली दौड़ने लगी। सँभलने की लाख कोशिशें कीं, पर एक न चली। समाचार की नींव पर मनगढ़न्त की तरह-तरह की दीवारें उठाते-ढहाते रहे। मुख पर भिन्न-भिन्न भाव की रेखा खिंचती रही पर कोई निश्चय नहीं होता था। उनके अपने एक भाव में मन बालक की तरह मचल रहा था। अन्तस्तल की व्यक्त और अव्यक्त, सुप्त और जाग्रत—सभी प्रकार की वृत्तियाँ हीरा की मृत्यु

का विरोध कर रही थीं। उभरते उच्छ्वास में कोई उत्तर नहीं मिल रहा था। साहब के अत्याचार पर प्यारेलाल को विश्वास हो गया। उन्होंने निश्चय किया, हीरा निर्दोष थी। रह-रहकर हीरा के आचरण से उन्हें गौरव का अनुभव होता था।

इसी समय नौकर एक खत लेकर आया। प्यारेलाल पढ़ने लगे, लिखा था :

'पत्र पाते ही मिलो। कैसा ही काम हो, छोड़कर पत्रवाहक के साथ चले आओ। अधिक और क्या ?...

तुम्हारा

–अमरसिंह'

घोर घटाओं से घिरी अँधेरी रात में राह चलने के लिए चिट्ठी बिजली का काम कर गई। लेकिन उसका कौंधना बन्द होते ही पहले से चौगुना अँधेरा आँखों के आगे छा गया।

प्यारेलाल जिस सादे पहनावे से मकान में थे, उसी से चल पड़े। आगे-आगे पत्रवाहक, पीछे-पीछे प्यारेलाल। सड़कें और गलियाँ पार करते हुए न्यू स्ट्रीट पर पहुँचे। मोड़ पर न्यू स्ट्रीट पढ़कर प्यारेलाल एक दफा सन्नाटे में आ गए। फिर सँभलकर आगे बढ़े। फिर पत्रवाहक को हीरा के मकान के अन्दर जाते देखकर प्यारेलाल बड़े तअज्जुब में आए। कुछ समझ में नहीं आ रहा था। यन्त्र की तरह पैर रखते गए। एक दासी ऊपर से नीचे उतरी और प्यारेलाल को साथ ले गई।

चारों ओर सन्नाटा है। कमरे में उदासी की स्याही-सी फिरी हुई है। कुल खिड़कियाँ बन्द हैं। सारी सजावट पर काली चादर का एक गिलाफ-सा पड़ा हुआ है। कौच पर एक युवक बैठा कुछ सोच रहा है।

प्यारेलाल कमरे में गए। सन्नाटे में प्यारेलाल की पिण्डलियों में कँपकँपी छूट गई। देह में ऐसी जड़ता समाई कि चेहरा उतर गया। प्यारेलाल को युवक ने एक-दूसरे कौच पर बैठाया, फिर खुद भी बैठ गया।

प्यारेलाल : "अमरसिंह ?"

अमरसिंह : "हाँ।"

रोते हुए अमरसिंह का गला बैठ गया था। आवाज भारी थी। इसी से शोक की सूचना मिलती थी। उनके दुःख से प्यारेलाल के हृदय में सहानुभूति नहीं आई। उन्हें सन्देह हुआ। हीरा की याद आई। कुछ देर सोचते रहे। साँस छोड़ते समय उनके विचार की समाप्ति हो गई या लड़ी टूट गई, हम नहीं कह सकते।

प्यारेलाल ने पूछा, "क्यों, अमरसिंह, आज अखबार में पढ़ा, हीरा का खून कैसे हुआ ? और तुम भी यहाँ कैसे आए ? क्या हीरा से पहले की कोई जान-पहचान थी ?"

प्रश्नों में भाव-परीक्षा की तीव्र गति थी—पागल की नसों में बहती रक्तधारा की तरह प्रबल। तट पर सिर पटकती तरंगों की तरह श्रोता के मन में सन्देह के धक्के लगते थे। अमरसिंह को समझते देर नहीं लगी। वे बोले, "प्यारेलाल ! (शोक की स्याही पर थोड़ी देर के लिए आँखों के एक कोने से दूसरे तक लज्जा की लाल रेखा खिंच गई)—ऐसे प्रश्न से तुम्हारा मतलब ?"

प्यारेलाल : (सन्देह की दृष्टि से देखते हुए) "मतलब कुछ नहीं, यों ही कुछ। क्या तुम्हें बताने में एतराज है ?"

अमरसिंह : "अब जब वह है ही नहीं तब अकारण क्यों उसका प्रसंग उठाते हो ?"

प्यारेलाल कुछ उत्तेजित हो गए। कहा, "कैसी मित्रता कि मैं तुमसे एक बात पूछूँ और तुम टालते जाओ !"

अमरसिंह : "अच्छे समय मित्रता की आड़ लेते हो। तुम्हारी-मेरी मित्रता से हीरा से सम्बन्ध ? तुम्हारी मित्रता मुझसे या हीरा से थी ?"

प्यारेलाल से कोई जवाब न दे आया।

अमरसिंह : "मैंने सिर्फ एक दृश्य दिखाने के लिए तुम्हें बुलाया था।"

प्यारेलाल : "तुम तो ऐसे बदले..."

अमरसिंह : "मैं जमाने से अलग नहीं। जमाना बदलता जाता है।"

प्यारेलाल : ''अमरसिंह, तो क्या इस तरह मेरा अपमान करने के लिए मुझे बुलवाया था ?''

अमरसिंह : ''मेरी समझ में नहीं आता कि तुम्हारा अपमान कौन-सा हो गया,'' कहकर अमरसिंह मुस्कुराए।

प्यारेलाल के सिर से पैरों तक आग लग गई। झुँझलाकर बोले, ''किसका कहना आँख के सामने आया : विश्वस्तं नाति विश्वसेत्।''

अमरसिंह : ''यह सहजोक्ति तुम मुझ पर क्यों लाद रहे हो ? अच्छी तरह देखोगे तो अपने को इसका प्रमाण पाओगे।''

अमरसिंह मुस्कुराए। मारे क्रोध के प्यारेलाल का चेहरा फिर लाल पड़ गया। गुस्से में आकर उठ पड़े और कहा, ''अब मैं जाता हूँ। एक की जान गई और तुम्हें शर्म तो है नहीं, उसके घर पर बैठकर हँसी उड़ाते हो। तुम्हारी मित्रता का मुझे अब पता चला।''

अमरसिंह : ''मैं तुम्हें धन्यवाद देता हूँ कि तुम बात के एक ही धनी निकले। क्यों साहब, उस दिन मैंने कहा था कि ये बातें भूल जाएँगी। मतलब निकलने के बाद लोग मुँह फेर लेते हैं।''

प्यारेलाल लज्जित हो गए। अमरसिंह ने हाथ पकड़कर उन्हें फिर बैठाला। आग्रह की कोमल दृष्टि मुख पर फेर दी। कुछ देर कमरे में सन्नाटा रहा। प्यारेलाल के हृदय में अमरसिंह और हीरा के नाम उठ-उठकर फिर खलबली मचाने लगे। एकाएक उत्तेजना बढ़ गई। प्यारेलाल ने अमरसिंह की कलाई पकड़ ली, परन्तु फिर न जाने क्या सोचकर छोड़ दी। आज ही प्यारेलाल को आग्रह की आन्तरिक पीड़ा का अनुभव हुआ था। पूछा, ''अमरसिंह, तुम यहाँ कैसे आए ? हीरा से क्या कोई पहले की जान-पहचान थी ?''

अमरसिंह : ''हाँ, थी।''

किसी ने प्यारेलाल का कलेजा पकड़कर मसल दिया।

प्यारेलाल : ''कैसे हुई ?''

अमरसिंह : ''उस समय वह कानपुर में रहती थी।''

प्यारेलाल : ''कानपुर में कहाँ ?''

अमरसिंह : ''मूलगंज में।''

प्यारेलाल : "क्या करती थी ?"

प्यारेलाल की हालत ऐसी हो गई, जैसे कोई भूली बात याद कर रहे हों!

अमरसिंह : "करती क्या थी, पढ़ती-लिखती थी। इसकी एक छोटी बहन थी शान्ता। पिता मालदार थे। कलकत्ते में भी कारोबार था। कुछ दिनों बाद पिता का देहान्त हो गया। माँ लड़कियों को कलकत्ते ले आयीं। दोनों को गाना-बजाना भी सिखाने लगीं। रूप और सम्पत्ति—दोनों के लोभ में लोग इन्हें बरबाद करने की सोचने लगे। ये बड़े लोग ही थे, समाज में जिनकी इज्जत है। छोटे लोग इनके आज्ञाकारी थे। यहाँ का इतिहास संक्षेप में समाप्त करता हूँ। इनकी माँ की भी अकाल मृत्यु हुई। सम्पत्ति नष्ट हो गई। हीरा के लिए धनिकों के जाल बिछने लगे। मुसीबत-पर-मुसीबत का सामना उसे करना पड़ा। उसने अपनी इज्जत बचाई। पर रोटियों के सवाल से बचाव नहीं हुआ। उसने परवा नहीं की। गाना-बजाना जानती थी। नेक लड़की की तरह गाना गाकर रोटियाँ कमाने लगी। उसके बूढ़े उस्ताद उसके चरित्र के गवाह हैं और उसे मुसीबत के दिनों में राह दिखाते और बचाते भी रहे हैं। शान्ता की पढ़ाई जारी रही। वह बेथून कॉलेज की छात्रा थी।"

अमरसिंह का गला भर आया। आँखों से आँसू टपकने लगे।

प्यारेलाल कुछ समझ नहीं सके कि शान्ता के प्रसंग से अमरसिंह रोने क्यों लगे। पूछा, "छात्रा थी तो क्या अब पढ़ना छोड़ दिया है? बहन की इस घटना में उसे बड़ी चोट पहुँची होगी। क्या उसे मैं देख सकता हूँ ?"

"नहीं।" आँसू पोंछते हुए अमरसिंह ने कहा, "आपको कुछ देर बाद सही हाल मालूम हो जाएँगे। मैंने एक पत्र आपके लिए लिख रखा है। अपने डेरे चलकर पढ़िएगा और मेरी आज की अस्वाभाविकता के लिए क्षमा कीजिएगा," यह कहकर अमरसिंह ने एक पत्र प्यारेलाल को दिया।

पत्र पढ़ने की उत्सुकता से प्यारेलाल जल्द-जल्द विदा हुए। अपने डेरे पहुँचने से पहले ही खोलकर पढ़ने लगे। लिखा था :

'प्यारेलाल,

मैं अपने को कृतार्थ समझती हूँ कि तुम मुझे चाहते हो। यहाँ तुम जिस अमरसिंह से मिले, वह मैं हूँ। वहाँ तुमसे जो अमरसिंह मिलते थे, वह शान्ता थी। दम निकलते समय शान्ता ने घर के पते के साथ मेरा नाम कहा था। मतलब वह मेरे मकान में रहती है। आगे अपना नाम और बाकी बातें कह नहीं सकी। बोल बन्द हो गया। संवाद-पत्र की खबर के बाद मुझे देखकर तुम चौंकोगे, सन्देह करोगे, इसलिए दुःख से मुझे अमरसिंह के कपड़े पहनने पड़े। कल संवाद-पत्र में सही खबर छप जाएगी।

तुम्हारी

–हीरा'

हिरनी

कृष्णा की बाढ़ बह चुकी है; सुतीक्ष्ण, रक्त-लिप्त, अदृश्य दाँतों का लाल-जिह्व योजनों तक, क्रूर, भीषण मुख फैलाकर प्राण-सुरा पीती हुई मृत्यु ताण्डव कर रही है। सहस्रों गृहशून्य, क्षुधा-क्लिष्ट, निःस्व, जीवित कंकाल साक्षात् प्रेतों-से इधर-उधर घूम रहे हैं। आर्तनाद, चीत्कार, करुणानुरोधों में सेनापति अकाल की पुनः-पुनः शंख-ध्वनि हो रही है। इसी समय सजीव शान्ति की प्रतिमा-सी एक निर्वास-बालिका शून्यमना दो शवों के बीच खड़ी हुई चिदम्बर को देख पड़ी।

"ये तुम्हारे कौन हैं ?" शवों की ओर इंगित कर वहाँ की भाषा में चिदम्बर ने पूछा।

बालिका आश्चर्य की तन्मय दृष्टि से शवों को कुछ देर देखती रहकर शून्य भाव से अज्ञात मनुष्य की ओर देखने लगी।

चिदम्बर ने अपनी तरफ से पूछा, "ये तुम्हारे माँ-बाप हैं ?"

बालिका की आँखें सजल हो आईं।

चिदम्बर ने सस्नेह कहा, "बेटी, हमारे साथ डेरे चलो,

तुमको अच्छा-अच्छा खाना देंगे।''

बालिका साथ हो ली। उसकी अन्तरात्मा उसे समझा चुकी थी कि उसके माता-पिता उस नींद से न जगेंगे। उसे माता-पिता को सचेत करने का इतना उद्यम पहले कभी नहीं करना पड़ा, यही उसके प्राणों में उनके सदा अचेत रहने का अटल विश्वास हुआ।

पहले चिदम्बर ने अच्छी तरह उसे अपना दुपट्टा पहना दिया फिर उँगली पकड़कर धीरे-धीरे डेरे की ओर चला, जो वहाँ से कुछ ही फासले पर था। अकाल-पीड़ितों की समुचित सेवा के लिए मद्रास के 'पीतल-पावन संघ' के प्रधान निरीक्षक की हैसियत से संघ को साथ लेकर चिदम्बर वहाँ गया था।

कुछ दिनों बाद धन-संग्रह के लिए चिदम्बर को मद्रास जाना पड़ा। शिक्षण-पोषण के लिए अनाथ-आश्रम में भर्ती कर देने के उद्देश्य से बालिका को भी साथ ले गया। वहाँ जाने पर मालूम हुआ कि राजा रामनाथसिंह रामेश्वरजी के दर्शन कर कुछ दिनों से ठहरे हुए हैं, उसे मिल आने के लिए बुलावा भेजा था। चिदम्बर के पिता जज के पद से पेंशन लेकर कुछ दिनों तक राजा साहब के यहाँ दीवान रह चुके थे, उन दिनों चिदम्बर को पिता के पास युक्तप्रान्त में रहकर प्रयाग विश्वविद्यालय में अध्ययन करना पड़ा था। अब उसके पिता नहीं हैं।

संवाद पा राजा साहब से मिलने के लिए चिदम्बर उनके वासस्थल को गया। बाढ़ की बातचीत में बालिका का प्रसंग भी आया। चिदम्बर उसे अनाथ-आश्रम में परवरिश के लिए छोड़ रहा है, यह सुनकर कारुण्य-वश राजा साहब ने ही उसे अपने साथ सिंहपुर ले जाने के लिए कहा। चिदम्बर इनकार करे, ऐसा कारण न था, बालिका रानी साहिबा की देख-रेख में, उन्हीं के साथ, उनकी राजधानी गई।

आठ साल की लड़की रानी साहिबा की दासियों से स्नेह तथा निरादर प्राप्त करती हुई, उन्हीं में रहकर उन्हीं के संस्कारों से

ढलती हुई धीरे-धीरे परिणत हो चली। वहाँ जो धर्म दासियों का, जो भगवान रानी से सेविकाओं तक के थे, वही उसके भी हो गए। झूठ अपराध लगने पर दासियों की तरह वह भी कसम खाकर कहने लगी, 'अगर मैंने ऐसा किया हो, तो सरकार, सीतला भवानी मेरी आँख ले लें।' वहाँ सभी हिन्दी बोलती थीं, पर जो मधुरता उसके गले में थी, वह दूसरे में न थी, जैसे हारमोनियम के तीसरे सप्तक पर बोलती हो ! रानी साहिबा उससे प्रसन्न थीं, क्योंकि दूसरी दासियों से वह काम करने में तेज और सरल थी। उसका नाम हिरनी रखा था। वह जिस रोज रनवास में आई थी, तब से आज तक, उसी तरह, अरण्य की, दल से छटी हुई, छोटी हरिणी-सी, एकाएक खड़ी होकर, सजगदृग, पार्श्व-स्थिति का ज्ञान-सा प्राप्त करने लगती है कि वह कहाँ आई, यहाँ कोई भय तो नहीं। दृष्टि के सूक्ष्मतम तार इसी पृथ्वी के परिचय से नहीं, जैसे शून्य आकाश से बाँधे हुए हों, जैसे पृथ्वी पर उतारकर विधाता ने एक भूल की हो। उसके इस भाव के दर्शन से 'हिरनी' नाम, कवि के शब्द की तरह, रानी के कंठ से आप निकल आया।

वही हिरनी अब जीवन के रूपोज्ज्वल वसन्त में कली की तरह मधुसुरभि से भरकर चतुर्दिक् सूचना-सी दे रही है कि प्रकृति की दृष्टि में अमीर और गरीबवाला क्षुद्र भेदभाव नहीं, वह सभी की आँखों को एक दिन यौवन की ज्योत्स्ना से स्निग्ध कर देती है, किरणों के जल से भरकर, जीवन में एक ही प्रकार की लहरें उठाती हुई, परिचय के प्रिय पथ पर वहाँ ले जाती है, जो सबसे बड़ी है, जिसके भीतर ही बड़े और छोटे की नाप में भ्रम है, वह स्वयं कभी छोटे और बड़े का निर्णय नहीं करती, उसकी दृष्टि में सभी बराबर हैं, क्योंकि सब उसी के हैं। उसी ने हिरनी में एक आशा, एक अज्ञात सुख की आकांक्षा भी भर दी, जिससे दृष्टि में मद, मद में नशा, नशे में संसार के विजय की निश्चल भावना मनुष्य को स्त्री के प्रणय के लिए खींचती रहती है।

इसी समय इंग्लैंड से शिक्षा प्राप्त कर रामकुमार घर लौटे थे और दो-तीन बार हिरनी को बुला चुके थे। रानी दूसरी दासियों से यह समाचार पाकर हिरनी का विवाह कर देने की सोचने लगीं। वहीं एक कहार रामगुलाम रहता था। नौजवान था। रानी

साहिबा ने उससे पुछवाया कि हिरनी से विवाह करने को वह राजी है या नहीं। वह बड़ा खुश हुआ, उत्तर में अपनी खुशी को दबाकर रानी साहिबा को खुश करनेवाले शब्दों में कहा, "सरकार की जैसी मर्जी हो, सरकार की हुकुमअदूली मुझसे न होगी।"

विवाह में घरवालों की राय न थी। रामगुलाम बागी हो गया।

एक दिन उसके साथ हिरनी का विवाह प्रासाद के आँगन में कर दिया गया। हिरनी पति के साथ रहने लगी। साल ही भर में एक लड़की की माँ हो गई।

दो साल और पार हो गए। रानी साहिबा का स्नेह, हिरनी के कन्या-स्नेह के बढ़ने के साथ-साथ, उस पर से घटने लगा। जिन दासियों की पहले उसके सामने न चलती थी, वे ताक पर थीं कि मौका मिले, तो बदला चुका लें।

एक दिन रानी साहिबा ताश खेल रही थीं। पक्ष और विपक्ष में उन्हीं की दासियाँ थीं। श्यामा उर्फ स्याही उन्हीं की तरफ थी। मौका अच्छा समझकर बोली, "सरकार को हिरनी ने आज फिर धोखा दिया, मैं गई थी, उसकी लड़की को जूड़ी-बुखार कहीं कुछ भी नहीं।"

लड़की की बीमारी के कारण हिरनी दो दिन की छुट्टी ले गई थी। रानी साहिबा पहले ही से नाराज थीं। अब धुआँ देती हुई लकड़ी को हवा लगी, वह जल उठी। रानी साहिबा ने उसी वक्त स्याही को एक नौकर से पकड़ लाने के लिए कहने को भेज दिया। स्याही पुलकित होकर बूटासिंह के पास गई। बूटासिंह से उसकी आशनाई थी। बोली, "सरकार कहती हैं, हिरनी का झोंटा पकड़कर ले आओ, अभी ले आओ, बहुत जल्द।"

बूटासिंह जब गया, तब हिरनी बालिका के लिए वैद्य की दी एक दवा अपने दूध में घोल रही थी। बूटासिंह को मतलब समझाने के लिए तो कहा नहीं गया था। उसने झोंटा पकड़कर खींचते हुए कहा, "चल, सरकार बुलाती हैं।"

प्रार्थना की करुण चितवन से बूटासिंह को देखती हुई हिरनी

बोली, "कुछ देर के लिए छोड़ दो, मयना को दवा पिला दूँ।"

घसीटता हुआ बूटासिंह बोला, "लौटकर दवा पिला चाहे जहर, सरकार ने इसी वक्त बुलाया है।"

स्याही उसे साथ लेकर ऊपर गई। हिरनी रानी साहिबा की मुद्रा तथा क्रूर चितवन देखकर काँपने लगी।

रानी साहिबा ने हिरनी को पास पकड़ लाने के लिए स्याही से कहा, स्याही ने जोर से खींचा, पर हिरनी का हाथ छूट गया, जिससे वह गिर गई, हाथ मोच खाकर उतर गया।

रानी साहिबा क्रोध से काँपने लगीं। दूसरी दासियों को पकड़ लाने के लिए भेजा। इच्छा थी कि उसका सिर दबाकर स्वयं प्रहार करें। दासियाँ पकड़कर ले चलीं, तो रानी साहिबा को आँसुओं में देखती हुई, उसी अनिन्द्य हिन्दी में हिरनी क्षमाप्रार्थना करती हुई बोली, "सरकार, मेरा कुछ कुसूर नहीं है।"

पर कौन सुनता है, उससे रानी साहिबा की सेवा में कसर रह गई है।

जब पास पहुँची, उसको झुकाकर मारने के लिए रानी साहिबा ने घूँसा बाँधा।

हिरनी के मुख से निकला, "हे रामजी !"

रानी साहिबा की नाक से खून की धारा बह चली। वह वहीं मूर्च्छित हो गईं। हिरनी के बाल, मुख उसी खून से रँग गए।

डॉक्टरों ने आकर कहा, "गुस्से से खून सिर पर चढ़ गया है।"

तब से जरा भी गुस्सा करने पर रानी साहिबा को यह बीमारी हो जाती है।

परिवर्तन

परी सात साल की थी और सूरज दस साल का। दोनों धूप-छाँह-से हिले-मिले रहते थे। परी की आदत थी आज्ञा करने की, वह फूल तोड़ दो, वह फल चढ़कर गिरा दो। सूरज की आदत थी, उसी समय उसे पूरा करने की।

एक दिन, नजरबागवाले तालाब में कमल खिले थे, एक बड़ा-सा अधखिला उन्हीं के बीच में था, परी ने कहा, "वह बीचवाला लाल-लाल बड़ा-सा कमल ला दो सूरज!" सूरज कूद पड़ा। तैरता, नालों को चीरता हुआ कमल को तोड़ तो लिया, पर लेकर निकल न सका। पैर मृणालों में फँस गए। परी को देने को स्नेह-फूल हाथ से न छोड़ा, पैरों को पटक-पटककर नालों की उलझन छुड़ाता रहा। तट पर खड़ी लालसा की दृष्टि से फूल को देख-देखकर साग्रह हाथ फैलाती हुई परी हँस रही थी। थककर कमल लिए सूरज एकाएक डूब गया।

परी दौड़ती हुई कोठे पर माँ के पास गई और हाँफती हुई बोली, "सूरज मेरे लिए फूल तोड़ने को तालाब में तैरा था, डूब गया है।"

खबर फैली, लोग दौड़े, सूरज को निकाल लिया। उसकी मुट्ठी में तब भी कमल बँधा हुआ था। पेट से पानी निकाला गया। मुँह फूँका गया। साँस चलने लगी।

कई साल बीत गए। परी अब दस साल की है। पुस्तकों के साथ नृत्यगीत की भी शिक्षा उसे दी जाती है।

माता के संस्कार चापल्य की उस विद्युत में प्रवेश करने लगे हैं। उसकी माता एक समय कलकत्ते की सुन्दर वेश्या थी। अब राजा महेश्वरसिंह की रक्षिता है। यह कन्या राजा साहब के औरस से पैदा हुई है। इसका नाम है परिमलकुमारी। स्नेह से राजा साहब तथा उसकी माँ परी कहते हैं।

परी की माँ के नाम राजा साहब ने एक अलग जायदाद लिख दी है। बड़े-से अहाते के अन्दर चारों ओर से जल से भरी खाई है, बीच में कोठी, शिव-मन्दिर, बगीचा, फुलवाड़ी, राजपथ आदि प्रासाद के अनुरूप और-और सबकुछ। परी की माता शान में रानी साहिबा से बढ़कर रहती है। परी का खर्च कुँवर साहब से ज्यादा है।

सूरज ड्योढ़ी के जमादार शत्रुहनसिंह का लड़का है। शत्रुहनसिंह किसी तरह नौकरी से गुजर करते हैं। ऐसी जगह जाकर नौकरी की है, जहाँ आस-पड़ोस का कोई आदमी नहीं। इसलिए एक प्रकार उनका जीवन अपने कर्तव्य और पुत्र-स्नेह में ही पार होता है। सूरज इस समय मिडिल क्लास का विद्यार्थी है। परी के स्नेह-लेशरहित तेज स्वभाव के कारण वह उससे नहीं मिलता। फिर वह मिडिल क्लास में पढ़ता है, परी से वह ऊँचे दर्जे में, ज्यादा पढ़ा हुआ है, इसका विचार परी नहीं करती, जो काम उससे करवाती है, उसके कारण वह लाज से मुरझा जाता है। इसलिए नहीं जाता, प्रायः परी के निकलने के समय कोठी में नहीं रहता। उधर लोगों से आदर तथा सम्मान प्राप्त कर, परी के स्वभाव में, सम्मान्य राजकुमारीवाला गुरु गहन भाव इतनी ही उम्र में दूब की जड़ की तरह फैलने लगा। एक सूरज को छोड़कर और सब उसकी इज्जत करते हैं, उसकी आज्ञा मानते हैं, उसके

नौकर हैं। सूरज परी का शासन नहीं मानता, ऐसा विचार उठते ही वह सूरज को बुलवाती है। पर सूरज उस समय या तो गढ़ के बाहर किसी सहाध्यायी मित्र के साथ पढ़ता होता है या स्कूल गया होता है या खेलने के लिए निकला होता है।

ठीक बारह बजे दोपहर को, सोचकर इतवार के दिन, परी नीचे उतरी। सूरज उस समय पिता के साथ भोजन कर रहा था। एक नौकर चुपचाप दौड़कर देख आने के लिए भेजा। लौटकर नौकर ने कहा, ''है, भोजन कर रहा है।''

''अभी ले आओ, न आए, तो कान पकड़कर ले आओ।'' हुक्म हुआ। नौकर दौड़ा हुआ गया और सूरज के बाप से कहा कि परी बहुत जल्द सूरज को बुलाती है, भेज दो, नहीं तो दिखाने के लिए कान पकड़कर ले जाना होगा।

सूरज का बाप आँसू पीकर रह गया। सँभलकर कहा, ''लड़के को फिजूल परेशान करती हैं, क्या काम है ?''

''कुछ नहीं।'' नौकर ने कहा, ''गेंद धूप में फेंक दिया है, और हठ है कि सूरज आकर उठाकर दे।''

सूरज ने कहा, ''बाबू, मुझे इस तरह गेंद उठाकर देते हुए लाज लगती है।''

ठाकुर शत्रुहनसिंह की आँखों से आग निकलने लगी। कहा, ''हम नौकर हैं, हमारा लड़का नौकर नहीं और हम भी गेंद उठाने की नौकरी नहीं करते, तलवार बाँधने की करते हैं, जाओ, परी की माँ से कह दो।''

नौकर परी के पास लौट आया। कहा, ''सूरज न आवेगा, शत्रुहनसिंह बिगड़ रहा है।'' परी की आँखें लाल हो गयीं, पर शत्रुहनसिंह वहाँ के सिपाहियों का अफसर था, वह भी कुछ डरती थी, इसलिए माँ के पास नालिश करने चली। उधर से नौकर भी चला।

परी और नौकर की बातें सुनकर, पूजा समाप्त करके आई हुई पहले कामलता दासी, अब श्रीमती रानी कामलतादेवी तिनककर द्रुत-पद राजा साहब के कमरे में गईं (राजा साहब का स्थायी निवास उन्हीं की कोठी में रहता था) और आँखों की पुतलियों को भौंहों के पास तक चढ़ाकर, एक झटका गर्दन का

देती हुई बोलीं, "ऊँ हूँ, यह तो न होगा, सुना, तुम्हारी परी कभी-कभी सुरजुआ को बुलाकर खेलती है, इससे उनके पिताजी महान की मर्यादा जाती रहती है क्योंकि उनके पुत्र अब दफ्तर के बाबू की जगह लेनेवाले हैं। मैं पूछती हूँ, ऐसे आदमी को रखने से फायदा ?"

"फायदा क्या है ? उसको निकाल दो।" राजा साहब ने आज्ञा दी।

रानी कामलतादेवी ने कहा, "परी के सामने पिता और पुत्र दोनों के कान पकड़कर गढ़ से बाहर कर दो।"

पुरस्कार की लालसा से दो सिपाही शत्रुहनसिंह के मकान की तरफ दौड़े, परी हँसती हुई वहीं से देख रही थी। दोनों जैसे-के-तैसे ही लौटते हुए देख पड़े। परी को साथ लेकर रानी कामलतादेवी के पास जाकर कहा, "वे लोग पहले ही से फाटक के बाहर निकल गए और सरकारी थाने में जाकर बैठे हैं। हरगोविन्द से शत्रुहन कह गए हैं कि थानेदार को साथ लेकर कल चारज समझा जाएँगे।"

सात वर्ष और पार हो गए। परी अब सत्रह साल की परी हो गई है। राजा महेश्वरसिंह इस समय राजा और तअल्लुकेदारों में बड़े जोरों से समाज-सुधार कर रहे हैं। संवादपत्रों में इस कार्य के लिए कभी-कभी उनके दिए दान की तालिका प्रकाशित होती है, और जिस सभा में समाज की बुराइयों पर उनका भाषण होता है, लोग तालियाँ पीटकर अपनी सहानुभूति प्रकट करते हैं। देश के राजा-रईसों का बिगड़ैल, समाज-सुधार के शंख-स्वरूप, रूप के अन्धे, कुँवर लोगों ने एक वाक्य से राजा महेश्वरसिंह का समाज-प्रेम स्वीकृत कर लिया है, प्रायः उनकी कलकत्तेवाली कोठी में एकत्र होते हैं और परी के रूप में जलकर, सहानुभूति की राख उसके पिता की आँखों में झोंककर चले जाते हैं। राजा महेश्वरसिंह की इतनी उदारता, दान-मान और समाज-सुधार का फल यह न हुआ कि किसी कुँवर से वह परी का विवाह कर पाते। अधिकांश कुँवरों के पिता जीवित थे। पिता की मृत्यु न होने तक विवाह के

लिए कुँवर लोग अपनी सम्मति नहीं दे सकते, राजा महेश्वरसिंहजी को बातचीत पड़ने पर समझा देते थे। दो साल से राजा महेश्वरसिंह भी उनमें से किसी के पिता के मरने की प्रतीक्षा कर रहे हैं, पर परी के दुर्भाग्य से अभी तक सब जी रहे हैं—रावनगर, धनपुर, कटहर, बिड़ासी, पाटन, बहेड़ा, भुजइन, गजखान, कुम्हड़ौरा, तिरपट, सकोटा आदि-आदि की नवीस गद्दी आबाद नहीं हुई। कुछ दिनों से उन्हें महाराज प्रताप-नारायणसिंह, चन्दपुर से आशा हो रही है। रानी कामलतादेवी की भी इच्छा है कि परी का विवाह यहीं हो। राजा साहब को भरोसा इसलिए है कि महाराज चन्दपुर को बंगाली सभ्यता बहुत पसन्द है। समाज-सुधारक के नाम से प्रसिद्ध राजा महेश्वरसिंह से जब वह पहले-पहल कलकत्ते के ग्रैंड-होटल में मिले थे, तब बंगाल की सभ्यता की बड़ी तारीफ की थी, और उनके समाज-सुधार के लिए सहानुभूति दिखलाई थी। इसके बाद रानी कामलतादेवी तथा कुमारी परिमल को साथ लेकर कई बार राजा महेश्वरसिंह उनसे मिल चुके हैं। माता के साथ परी भी सहमत है। कारण, वहाँ ऐश्वर्य और सम्मान अधिक है।

आज महाराजा साहब के सेक्रेटरी मिस्टर रैटलर साहब फिर राजा महेश्वरसिंहजी को निमन्त्रण देने आए हैं कि रात नौ बजे कृपा कर राजा साहब सपरिवार महाराजा साहब की कोठी में दर्शन दें।

सपरिवार राजा साहब महाराजा साहब के साथ भोजन कर रहे थे और कोई न था। भोजन में राजाओं के साथ सम्मिलित हो भी नहीं सकता था। राजा साहब ने महाराजा साहब को गौर से परी की ओर देखते हुए देखकर आशा से पुलकित होकर कहा, "महाराज, अगर एक सम्बन्ध बंगाल में भी करें, तो अच्छा हो, प्रान्तीय सौहार्द इस प्रकार बढ़ता रहे।"

"मेरी इच्छा तो है," महाराज साहब ने परी को देखते हुए कहा।

रानी कामलतादेवी ने मुस्कुराकर कहा, "आप मेरी परी से विवाह कीजिए।"

बड़ी सभ्यता से महाराजा साहब ने कहा, "आपकी आज्ञा मुझे शिरोधार्य है।"

दिन ठीक करने को एकान्त में महाराजा ने आज्ञा दे दी। लौटकर राजा महेश्वरसिंह ने रानी कामलतादेवी से कहा, ''पहाड़ी हूस है, परी को देखकर पागल हो गया है, हमें तो अपना मतलब गाँठना है।''

विवाह से पहले महाराजा साहब ने कहला भेजा कि आप तो समाज-सुधारक हैं, विवाह में व्यर्थ खर्च क्यों किया जाए, वही रकम जिस सार्वजनिक संस्था को आप कहें, दे दी जाए। प्रस्ताव राजा को भी पसन्द आया। फिर पण्डित लोग महाराजा साहब की तरफ के तो एक पग इधर-से-उधर होनेवाले न थे, बोले, ''हमारे महाराज का विवाह तो उसी ढंग से होगा, जो रीति हमारे यहाँ प्रचलित है।''

उदार राजा महेश्वरसिंह ने यह भी मंजूर कर लिया।

विवाह का दिन जहाँ तक शीघ्र किया जा सका, स्थिर किया गया। राजा साहब को महाराजा साहब के यहाँ की सभी प्रथाएँ मंजूर करनी पड़ीं। इसलिए विवाह के दिन राजा साहब को अपने कुछ आदमियों, रानी कामलतादेवी तथा परी के साथ महाराजा साहब के ही मकान जाना पड़ा। राजा साहब अपनी तरफ से कोई ब्राह्मण पण्डित नहीं ले गए थे, उन्हें ब्राह्मणों के मन्त्रों पर विश्वास न था।

मन्त्रोच्चार करते समय ब्राह्मणों को 'दासी ग्रहणम्', 'दासी ग्रहणम्' कई बार कहते हुए सुनकर राजा साहब चौंके, पर संस्कृत अच्छी पढ़ी न थी, सोचा, यह भी कोई रीति ही यहाँ की होगी। इस विचार से चुप हो रहे। 'कन्या-दासी समर्पणम्' से 'दासी ग्रहणम्' सब पूरा हो गया।

प्रधान पण्डित ने कहा, ''राजा महेश्वरसिंहजी ने हमारे महाराज को दासी-रूप से अपनी कन्या का समर्पण किया है।''

राजा साहब को शब्द बड़े बुरे लगे। पूछा, ''दासी-रूप क्या है ?''

प्रधान पण्डित ने कहा, ''आपने अपनी कन्या महाराज की सेवा के लिए दी।''

राजा साहब रुष्ट होकर बोले, ''आप केवल दासी और सेवा का उल्लेख करते हैं।''

पण्डित ने कहा, ''महाराज के पूज्य पिताजी की ऐसी ही आज्ञा है, वह महाराज आ रहे हैं।''

राजा महेश्वरसिंह ने देखते ही पुकारा, ''शत्रुहनसिंह !''

''चुप ! कान पकड़कर निकाल दिए जाओगे।'' पास ही खड़े हुए महाराज के एक शरीर-रक्षक ने कहा।

''राजा महेश्वरसिंह,'' महाराज शत्रुहनसिंह ने कहा, ''तुम्हारी जैसी लड़की है, हमने वैसा विवाह भी कराया। हम, अपने विपक्ष के सताए हुए, राज्य से भागकर तुम्हारे यहाँ दो रोटियाँ के लिए राज्य के हकदार बच्चे को लेकर गए थे। समय बदला। लड़के को गद्दी मिली। तुम और तुम्हारी यह सात रोज तक हमारे जूते उठाओ, तो तुम्हारी लड़की को लड़की समझकर, क्षमा कर, लड़के के साथ एक आसन पर बैठने का अधिकार हम देंगे। क्षत्रिय होकर क्षत्रिय के साथ वैसा नीच बर्ताव तुम देखते रहे !''

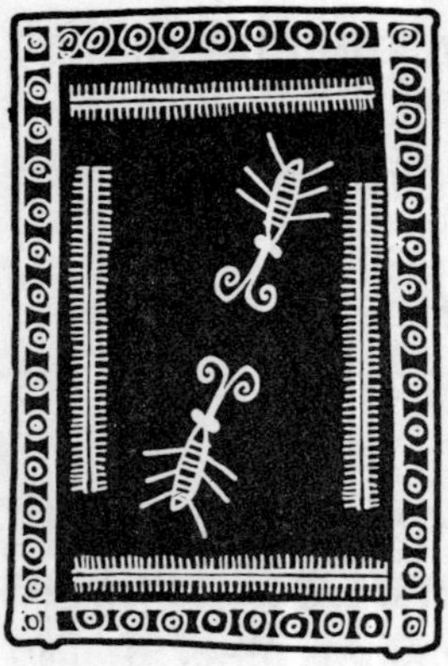

न्याय

अभी ऊषा की रेशमी लाल साड़ी प्रत्यक्ष हो रही है—भास्कर-मुख अपर प्रान्त की ओर है, केवल केशों की सघन व्योम-नीलिमा इधर से स्पष्ट। मुख का मृदुस्पर्श, प्रकाश, लघुतम तूलि जैसे, पर दिगन्तशोभ से उतरकर तन्द्रा से अलस जीवों को जगा रहा है। खिली अमलतास की हेमांगी शाखाएँ तरुणी-बालिकाओं-सी स्वागत के लिए सजकर खड़ी हैं। पवन पुनः-पुनः ऊषा का दर्शन शुभ-मधुर सन्देश दे रहा है। निबिड़ नीड़ाश्रय से विहंग प्रभाती गा रहे हैं।

इस सुख के समय गोमती-तट से क्षिप्र गति में दो-एक भ्रमणशील शिक्षित युवक शंकाकुल लौटते हुए देख पड़ते हैं, जैसे शीघ्र घर लौटकर भ्रमण के लिए जाने का सत्य भी छिपाना चाहते हों। भय और उद्वेग का अशुभ कारण कोई किसी से नहीं कह रहा।

उसी रास्ते के दूसरी ओर वकील लाला महेश्वरीप्रसाद रहते हैं। रोज सुबह उसी रास्ते घड़ी और छड़ी लेकर टहलने जाते हैं।

उधर चले, तो लौटनेवाले एक अनजाने आदमी को देखकर मन में चौंके। उससे घबराकर चलने का कारण डरते-डरते पूछा। उत्तर में, सँभलकर उसने कहा, "आपको भ्रम हो रहा है, मैं घबराने क्यों लगा ?" फिर अपना रास्ता नापा। वकील महेश्वरीप्रसाद आगे बढ़े। गोमती के किनारे कुछ दूर जाने पर बड़ी करुण आवाज आई, "भैया ! मुझे निकाल लो, तीन आदमी सुन-सुनकर चले गए, दया करो, मैं आप नहीं निकल सकता, जख्मी हूँ, रात को मारकर डाल दिया है बदमाशों ने।"

वकील साहब के कलेजे में हूक-सी लगी। उलटे पैर भगे। उनका बँगला पास ही था। रास्ता छोड़कर खेतों से दौड़े। एक-दूसरे बँगले से एक युवक उनकी चाल देखकर हँस रहा था। हाथ के इशारे से वकील साहब ने उसे पास बुलाया। युवक चला गया। घबराए हुए गोमती की तरफ उँगली उठाकर वकील साहब ने कहा, "वहाँ जाओ, देखो," कहकर बँगले की तरफ बढ़े। युवक गोमती की तरफ गया।

घायल की दशा देखकर युवक को दया आ गई। उसके सीने में दोनों तरफ से छुरा भोंका गया था। गोमती के प्रवाह से देह का तमाम खून बह गया था। पर वह साधारण मनुष्य से ज्यादा सचेत था, आवाज ज्यादा साफ। वीर कर्तव्य की ओर देखता है, काल्पनिक भविष्य-विपत्ति की ओर नहीं। उस घायल की रक्षा के लिए उसके विशाल हृदय में सहानुभूति पैदा हुई। व्यायाम से कसी बाँहें अपनी ही शक्ति से वासस्थल तक ले जाने को फड़कने लगीं। आँखों ने अपने भाई को देखा।

एक हाथ जाँघों से, एक गर्दन से लगाकर अनायास युवक उसे निकालकर अपने डेरे को ले चला। जल से निकलते ही घावों की पीड़ा से घायल चीत्कार करने लगा। नजदीक ही युवक का डेरा था। अपने बिस्तर पर ले जाकर लेटा दिया। कपड़े की रगड़ से पीड़ा बढ़ रही थी, घायल ने उतार देने के लिए कहा, सँभालकर युवक ने एक-एक कपड़े उतार दिए।

फिर कागज लेकर उसके बयान लिखने लगा। घायल को बेहोशी आ रही थी, कहते-कहते भूल जाता था। कुछ असम्बद्ध उक्तियाँ युवक ने लिख लीं। घायल मूर्च्छित हो गया।

युवक व्यग्रता से निश्चय न कर सका कि क्या करे, पहले थाने में रिपोर्ट लिखवाए या अस्पताल ले जाए। घायल की प्रति-मुहूर्त बढ़ती हुई बुरी हालत एक बार उसे थाने की ओर ढकेलती, फिर अस्पताल की ओर। अन्त में अस्पताल ले जाने का निश्चय किया। पास एक रईस रहते थे। उनके यहाँ जाकर उसने कुल किस्सा बयान किया और उनकी मोटर माँगी। उन्होंने घड़ी देखकर कहा, ''सिर्फ छह मिनट समय रह गया है, हमें डिप्टी-कमिश्नर साहब से मिलने के लिए जाना है,'' कहकर निगाह फेर ली। एक बार उनकी तरफ देखकर युवक अपने कमरे में चला आया। उस बँगले में तीन-चार भले आदमी किराए पर रहते थे। जब घायल को लेकर युवक आया था, तब वे लोग थे। घायल के मौन होते ही सब लोग उसकी साँसों से जाग्रत् बँगले के शरीर से स्वंप्न की तरह अदृश्य हो गए। घबराया हुआ युवक रास्ते पर आकर खड़ा हुआ। एक खाली ताँगा सवारी छोड़कर कार्लटन होटल से निकला। कुल हाल न कहकर युवक ने ताँगा बुला लिया। बँगले जाकर ताँगेवाला जख्मी को देखते ही बिगड़कर बोला, ''आप हमें फँसाना चाहते हैं? यह रास्ते-भर को भी तो न होगा।'' कहकर उसने अपना ताँगा बढ़ाया। युवक को काठ मार गया। कुछ देर बाद खड़ा कवियों के स्वर्गतुल्य, अप्सराओं के नूपुरों से मुखर, इस मनोहर संसार को भावना की अचपल दृष्टि से देखता रहा, फिर घायल के पास गया। देखा, सब खेल खत्म हो चुका है। साँस देखी, नाड़ी देखी, कहीं से भी उसके अस्तित्व का प्रमाण नहीं मिल रहा है। सूख गया। सिर्फ उसका नौकर मालिक की आज्ञा-पूर्ति के लिए मुस्तैद उसकी तरफ देख रहा था। हताश होकर युवक कुर्सी पर बैठ गया। एक चिट्ठी लिखकर नौकर से 'वसन्तावास' दे आने के लिए कहा। नौकर चिट्ठी लेकर गया, युवक थाने की ओर चला।

रिपोर्ट अधूरी और ऐसी थी कि साथ-साथ दारोगाजी की तहकीकात की जरूरत हुई। वह युवक के साथ हो लिये। बँगले पहुँचकर देखा, एक लाश पलँग पर पड़ी है, सीने में दोनों तरफ

से छुरे की तरह कोई अस्त्र भोंका गया है।

पूरी मुस्तैदी से गोमती तट, मृतक के लेटने की विधि आदि की परीक्षा कर, निर्भय, निश्चिन्त होकर दारोगाजी कुर्सी पर बैठ गए और गम्भीर प्रभावोत्पादक स्वर से पुनः पूछने और बयान लिखने लगे।

''आपने इसे कहाँ देखा है ?''

''एक बार कह चुका हूँ।''

''आप वहाँ कैसे गए ?''

''मुझसे वकील बाबू महेश्वरीप्रसाद ने कहा। वह उस तरफवाले बँगले में रहते हैं।''

थानेदार साहब ने बाबू महेश्वरीप्रसाद को कारण बताकर ले आने के लिए कान्स्टेबल को भेज दिया।

''फिर आपने क्या किया ?''

''मैं इसे उठा लाया, यह निकाल देने के लिए मुझे देखते ही पुकारकर कहने लगा था।''

''आप कैसे ले आए ?''

''बाँहों पर उठाकर।''

दारोगाजी ने एक बार युवक के पुष्ट शरीर को देखा।

''फिर आपने क्या किया ?''

''इसके कहने पर कपड़े उतारे, फिर पूछ-पूछकर बयान लिखने लगा।''

''दिखलाइए वह कागज।''

युवक ने कागज दे दिया। पढ़कर थानेदार साहब जामे से बाहर हो गए। डाँटकर कहा, ''यह कोई बयान है ? नाम है किरिश्नाचरन (कृष्णचरन), बस, बाप का नाम ? कौम ?''

''कौम के लिए मैं पूछ रहा था, पर वह बोल नहीं सका।''

पूरे सन्देह की दृष्टि से थानेदार साहब ने युवक को देखा। व्यंग्य करते हुए बोले, ''आप जब गए थे, तब पानी में डूबा हुआ यह साफ आवाज निकाल रहा था, पर आपके यहाँ आते ही इसकी जबान में ताला पड़ गया।''

युवक ने भी व्यंग्य किया, ''जी हाँ, जब यहाँ मरा पड़ा है, तो वहाँ भी क्यों न मरा पड़ा होगा ?''

क्रूर दृष्टि से थानेदार साहब ने युवक को घूरा। कहा, "और 'चौक से आ'—इसके क्या मानी ?"

"यह मैं क्या बताऊँ ? मैंने पूछा था, वह सवाल ऊपर लिखा हुआ है कि तुम कैसे मारे गए, तो 'चौक से आ' कहकर चुप हो गया।"

"फिर 'किसने मारा ?'—'मह', 'मह' ने मारा ? 'मह' क्या बला है ?"

युवक थानेदार साहब की स्वगतोक्ति सुनकर मन-ही-मन भारतवर्ष की पुलिस के साथ विलायत की पुलिस को मिला रहा था, इसी समय सिपाही बाबू महेश्वरीप्रसाद के यहाँ से संवाद लेकर लौटा, दारोगाजी से कहा, "बाबू महेश्वरीप्रसाद बँगले में नहीं हैं, उनके नौकर ने कहा है, कल अदालत से लौटकर शामवाली गाड़ी से वकील साहब घर गए हैं।"

थानेदार साहब की शंका बढ़ गई, पर रह-रहकर सोच रहे थे, 'इसने वकील साहब का नाम क्यों लिया ?' समाधान करते थे, 'मुमकिन है, किसी दुश्मन पर होनेवाली वारदात के लिए वकील ने पहले से कह रखा हो कि हम ऐसा कह देंगे, तो तुम छूट जाओगे।' निश्चय किया, 'यह जैसा तगड़ा है, यह अकेला भी इसे मार सकता है।'

मन में विश्वास भर गया, इसलिए स्वर भी शंका के बाद निश्चय में बदल गया, मृतक के कपड़ों की जाँच करते हुए दारोगाजी को जेब में जनेऊ मिला। निश्चय पर जोर पड़ा, यह जनेऊ छिपाया गया है। पूछा, "यह जनेऊ किसने निकाला ?"

"मुझे नहीं मालूम।"

दारोगाजी ने गम्भीर होकर पूछा, "फिर आपको क्या मालूम है ?"

युवक क्रोध से चुप हो गया। दारोगाजी ने पूछा, "तो आपने फिर क्या किया ?"

युवक ने सोचा—'अब मोटरवाली बात कहता हूँ, तो सम्भव है, मोटर मालिक वकील साहब की तरह उस समय मौजूद न रहें।' फिर कहा, "फिर अस्पताल ले जाने के लिए रास्ते से एक ताँगा ले आया, पर ताँगेवाले ने ले जाना मंजूर न किया।"

"वह कितने नम्बर का ताँगा था?" जमकर दारोगाजी ने पूछा।

"मुझे मालूम तो था नहीं कि आप नम्बर पूछेंगे।"

दारोगाजी गौर करने लगे। युवक दोषी है, ऐसा प्रमाण तो न था, पर निर्दोष है, ऐसा भी प्रमाण न था, बल्कि एक झूठ साबित हो चुका है। ऐसी हालत में सन्देह को ही श्रेय देना उचित है। हत्या का एक विश्वसनीय कारण पुलिस को दिखाना पड़ता है, यदि प्रमाण अप्राप्य रह गया।

थाने में रिपोर्ट लिखने के समय युवक नाम-धाम आदि लिखा चुका था, पर इस समय दारोगाजी ने फिर उससे कुछ ऐसे प्रश्न किए। वह कौन है, इस प्रश्न का बहुत ही संक्षिप्त उत्तर सभ्यता के विचार से ह्रस्व स्वरों में उसने दिया। अतः उसकी स्थिति का भी कोई प्रभाव थानेदार साहब पर न पड़ा। फिर पढ़े-लिखे युवकों द्वारा हुई हत्या के कारण हैं भी—कुछ ऐसा इनमें भी रहस्य सम्भव है।

सोच-विचारकर दारोगाजी पंचनामे की कार्रवाई पूरी करने लगे। इस सम्बन्ध से अपने को बिलकुल अनभिज्ञ बतलानेवाले कुछ पंच भी मिले। इसी समय सिपाहियों की ओर थानेदार साहब ने एक इशारा किया। सिपाही युवक को चारों ओर से घेरे हुए खड़े थे। इशारा पाकर बाँध लिया। पंच डरे हुए काम के बहाने, चलने को हुए। लाश की हालत और युवक के कमरे की चीजें लिखकर पंचों के दस्तखत कराकर ताला लगा दिया गया।

युवक ने शून्य दृष्टि से एक बार थानेदार साहब को, फिर आकाश की ओर देखा।

हत्या का करण और कारण साथ लेकर थानेदार साहब थाने के लिए रवाना हुए।

थाने पहुँचे ही थे कि ताँगे से उतरकर इक्कीस-बाईस साल की एक सुन्दरी दारोगाजी की कुर्सी की ओर बढ़ती नजर आई। केश-वेश अत्यन्त आधुनिक। चाल-ढाल संकोच से सोलहो आने रहित। दारोगाजी को रास्ते में छोड़कर थाने में ऐसा चमत्कार कभी

नहीं देख पड़ा। युवती सीधे दारोगाजी के सामने जा, उन्हीं से पूछने लगी, "मुझे थाने के इंचार्ज दारोगाजी की सख्त जरूरत है, क्या आप बतला सकेंगे—वह कहाँ मिल सकते हैं ?"

"हाँ, फरमाइए।"

"अच्छा, आप हैं, पोशीदा बातचीत है।" युवती मुस्कुराई।

थानेदार साहब ने एकान्त कर लिया।

साग्रह देखते हुए दारोगाजी से युवती ने कहा, "आपने राजीव को गिरफ्तार किया है, पर वह बेकुसूर है।"

"कोई सुबूत तो नहीं।"

"मैं गोमती-किनारे से टहलती हुई आ रही थी, वकील महेश्वरीप्रसाद राजीव को उधर जाकर देखने के लिए कह रहे थे और खुद डरे हुए कमरे की तरफ जा रहे थे।"

कुछ सोचकर दारोगाजी ने कहा, "वह कल शाम को घर चले गए हैं, उनके नौकर से मालूम हुआ।"

"अच्छा, मैं बहुत ज्यादा कुछ नहीं कहना चाहती। मेरे पास तीस गवाह हैं, लेडीज और जेंटिलमैन, अदालत में आपको मालूम हो जाएगा, साढ़े नौ बजे रात को कल मैं अपनी तीन सखियों और दो मित्रों के साथ छतरमंजिल की तरफ से आ रही थी, एक आदमी हम लोगों को देखकर भागा। हमें शक हुआ, हमारे साथ के मित्रों ने दौड़कर उसे पकड़ा। उसकी कमर में सात सौ रुपए थे, कुर्ता नहीं पहने था। अब मालूम होता है, खून के धब्बों की वजह से कुर्ता कहीं फेंक दिया था। वही खूनी रहा होगा। मेरे मित्र बदमाश समझकर यहाँ ले आए, आपका नाम लेकर कहते थे कि दारोगाजी ने देखकर उसे पहचान लिया, वह चौक का भागा हुआ बदमाश महताबअली था। जान पड़ता है, आपने उसे छोड़ दिया। अच्छा, देखा जाएगा," कहकर लापरवाही से युवती उठी।

दारोगाजी सूख गए। घबराकर बोले, "यह सरासर झूठ है।"

चलती हुई युवती बोली, "आपके इस मुकदमे की तरह अदालत में यह भी सच साबित हो सकता है। मगर हाँ, तब आपके सुबूत से यह ज्यादा सही साबित होगा।" एड़ी के बल

जरा लौटकर युवती बोली, "और बहुत-सी बातें हैं, आपने जिसे गिरफ्तार किया है, आप जानते नहीं, यह कितना बड़ा इज्जत का आदमी है।"

युवती फिर बढ़ी, तो दारोगाजी ने बड़े विनयपूर्ण शब्दों से बुलाया। युवती लौट पड़ी। पास आने पर पूछा, "वे आपके कोई होते हैं ?"

"मेरे कोई होते, तो मेरे यहाँ आने की जरूरत क्या थी ?"

इस अद्‌भुत स्त्री की ओर देखकर दारोगाजी ने कैदी को छोड़ देने के लिए कहा।

ताँगे पर बैठकर प्रतिमा ने राजीव से कहा, "पूरा प्लाट तुम्हारी चिट्‌ठी पर तैयार किया। तुमने लिखा भी खूब था। सिर्फ महताब के लिए रिसर्च करते हुए देर लगी थी, यानी जितनी देर इस ताँगेवाले से बातचीत करने में लगेगी। यह रिसर्च हो सकता है।"

थानेदार साहब ने लिखा, "जान पड़ता है, यह कोई क्रान्तिकारी था, बम लिए जा रहा था, एकाएक बम के धड़ाके से काम आ गया है।"

डॉक्टर की परीक्षा में जख्मों के भीतर से सीसे के कुछ नुकीले टुकड़े भी मिले।

राजा साहब को ठेंगा दिखाया

लोग कहते हैं, ऐसा लिखा जाए कि एक मतलब हो, उसी वक्त समझ में आ जाए, अपढ़ लोग भी समझें। बात बहुत सीधी है। मुझे एक उदाहरण याद आया। लिखता हूँ। यह लिखा हुआ, उद्धृत नहीं, देखा हुआ है। तब तक आप लोग ठेंगा दिखाने का मुहावरा याद रखें।

बंगाल और उड़ीसा को जोड़नेवाली एक नहर है। रूपनारायण (नद) से काटकर कटक तक निकाली गई है। यह केवल आबपाशी के लिए नहीं, इससे व्यवसाय भी होता है, बड़ी-बड़ी नावें चलती हैं।

इसके किनारे पद्मदल राजधानी है। राजा साहब के छोटे-छोटे स्टीमर, बोट, लांच, बजरे, किश्ती, डोंगी आदि राजधानी के पास चौड़ी की हुई नहर के एक तरफ बँधी रहती हैं।

जेठ का महीना, सूरज डूब रहा है। जोरों से बहती हुई मलय वायु में षोडशी का स्पर्श मिलता है। यह अकेली दक्षिणी हवा बंगाल की आधी कविता है। प्रासाद-शिखरों से सुनहली किरणें लिपटी हैं, उन्हीं के प्रेम की साँस जैसे दक्षिणी हवा में बह रही है। बड़े-बड़े तालाबों में श्वेत और रक्त कमल, खुले हुए अनुभव-जैसे, लोट रहे हैं। स्वच्छ, कीमती, चौड़ी किनारेवाली, बारीक, ठोस-बुनी, बंगला-ढंग से कोंछीदार शान्तिपुरी धोती, रेशमी शर्ट और सुनहरे स्लीपर, पहले चश्मा लगाए राजा साहब नाव की सैर के लिए चले। रास्ते में तीन ड्योढ़ियाँ पड़ती हैं—हौदा-कसे हाथियों के निकलते आधी और ऊँची; रास्ते के दोनों तरफ बड़े-बड़े तालाब; साफ-सुथरे दूब जमाए पार्क; दोनों बगल बटम-पाम की कतारें; दूर के देशी बगीचों से बेला, जूही और कमलों की खुशबू आती हुई। पहली ड्योढ़ी में बैठे हुए राजा साहब के मुसाहब उनके आने पर कतार बाँधकर भक्तिपूर्वक प्रणाम करके उद्दंड प्रसन्नता से साथ हो गए। अर्दली, सिपाही, खानसामे प्रासाद से साथ आए थे। पहली, दूसरी और तीसरी ड्योढ़ी के सिपाही क्रमशः किर्च निकाल-निकालकर, राजा साहब को बायें रखकर दाहिने हाथ से सलामी देते गए। तीसरी ड्योढ़ी प्रासाद के अहाते को घेरनेवाली जलाशय चौड़ी खाई के किनारे है—खाई के ऊपर से पुल है।

राजा साहब निकलकर नहर-घाट की तरफ चले। स्टीमर, लांच, मोटर-बोट और देशी किश्तीवाले मुसलमान नौकर कप्तान और माझियों ने भी उसी प्रकार कतार बाँधकर सलाम किया। राजा साहब खुली छतवाली एक अँगरेजी कट की देशी किश्ती पर पतवार पकड़कर बैठ गए। पीछे-पीछे मनोरंजन के लिए पले पहलवान-जैसे मुसाहब आकर एक-एक तख्ते पर डाँड़ सँभालकर बैठे। माझी खड़े रहे। सिपाही और अर्दली नहर के किनारे-किनारे बोट के साथ दौड़ लगाकर रहने के लिए लाँग समेटने लगे। किश्ती चली, किनारे-किनारे सिपाही दौड़े।

डेढ़ मील के फासले पर शक्तिपुर नाम का एक बागी गाँव है। वहाँ विश्वम्भर भट्टाचार्य नाम का एक ब्राह्मण रहता है। राजा साहब कई रोज से किश्ती पर हवाखोरी करते हैं, देखकर, सोच-विचारकर, लाँग चढ़ाकर, अपने गाँव के पास नहर के बाँध

पर खड़ा विश्वम्भर राजा साहब की प्रतीक्षा कर रहा है।

सिपाही लोग दौड़कर कुछ ही दूर तक साथ रहते हैं, आठ-आठ, दस-दस पट्ठों की डाँड़मारी किश्ती तीर-सी चलती है, तीन-चार फर्लांग के बाद सिपाहियों का दम खुल जाता है, किश्ती आगे निकल जाती है, वे पीछे-पीछे लट्ठ लिए दुलकी दौड़ते आते हैं।

जब शक्तिपुर के पास किश्ती पहुँची, तब सिपाही तीन-चार फर्लांग पीछे थे। विश्वम्भर राजा साहब की ताक में खड़ा ही था; जब किश्ती आती हुई सौ गज फासले पर रह गई, तब उसने एक अद्भुत प्रकार की ध्वनि की, जिससे राजा साहब का ध्यान आकर्षित हो। राजा साहब को अपनी तरफ देखते हुए देखकर उसने हवा में उँगली से लिखकर राजा साहब की ओर कोंचा, फिर पेट खलाकर दोनों हाथों को मरोड़ा, फिर दाहिने हाथ से मुँह थपथपाया, फिर दोनों हाथों के ठेंगे हिलाकर राजा साहब को दिखाया।

राजा साहब देख रहे थे। डाँड़ धीमे कर देने को कहा। फिरकर देखा, सिपाही दूर थे। किश्ती धीरे-धीरे चलती गई। विश्वम्भर पीछे-पीछे दोनों हाथों से पेट दिखाता, ठेंगे हिलाता दौड़ा। राजा साहब जब सिपाहियों को फिरकर देखते थे, तब पहले विश्वम्भर ठेंगे हिलाता हुआ देख पड़ता था। बाँध पर और भी आ-जा रहे थे। कुछ भले आदमी हवाखोरी को निकले हुए मुस्कुरा रहे थे। किश्ती की चाल धीमी देखकर सिपाहियों ने जल्दी की। नजदीक आकर एक अनजाने को बेअदबी करते देखकर राजा साहब की तरफ देखा। राजा साहब ने इशारे से सिर हिलाया। सिपाही विश्वम्भर को पकड़कर प्रहार करने लगे। किश्ती लौट चली।

सिपाहियों ने आते हुए विश्वम्भर की मुद्राएँ देखी थीं, जिनका अर्थ समझने में उन्हें देर नहीं हुई। उसे मारते हुए कहने लगे, "क्यों रे...हमारे महाराज रियाया की जबान बन्द करते हैं ?. ..पेट भी मारते हैं ?...ठेंगा दिखाता है हमारे महाराज को, इतना भी नहीं समझता ?"

विश्वम्भर को पीटकर, दोनों गदोरी और उँगलियाँ कुचलकर सिपाही चले गए। खबर विश्वम्भर के घर पहुँची। उसकी पत्नी, सत्रह साल की विधवा बेटी और दो (नौ और पाँच साल के) छोटे लड़के फटे कपड़े पहने, रोते हुए बाँध पर पहुँचे। गाँव के और

लोग भी गए। विश्वम्भर को सँभालकर उठा लाए। खाट पर लिटा दिया। गर्म हल्दी-चूना लगाने लगे। राजा साहब के जासूस छद्मवेश से पता लगाते रहे।

गाँव के कुछ भलेमानस गर्म पड़े, पर कुछ कर न सके। राजा साहब का प्रताप बड़ा प्रबल है। उनके विरोध में कुछ करने की अपेक्षा विश्वम्भर के समर्थन में कुछ करना अच्छा है, यह सोचकर उसी की सेवा करने लगे।

विश्वम्भर बड़ा सीधा, सच्चा ब्राह्मण है। विशेष पढ़ा-लिखा नहीं, किसी तरह पूजा कर लेता था। शक्तिपुर से तीन कोस दूर रंगनगर में राज्य की विशालाक्षी देवी हैं। विश्वम्भर इनका पूजक है। तीन रुपया महीना और रोज पूजा के लिए तीन पाव चावल और चार केले पाता है। घर में पाँच आदमी खानेवाले हैं। बड़े दुःख के दिन होते हैं। इधर बीस महीने से उसे वेतन नहीं मिलता। केवल तीन पाव चावल का सहारा रहा। कुछ और काम वह, उसकी पत्नी और बेटी—तीनों अलग-अलग कर लेते थे, फिर भी पेट-भर को न होता था। विश्वम्भर ने तनख्वाह के लिए इधर साल-भर में दो दर्जन से ज्यादा दरख्वास्तें दी थीं, पर सुनवाई नहीं हुई। इस बार प्राणों की भाषा में उसने अपने भाव प्रकट किए थे—हवा में लिखकर; कोंचकर बताया था—तुम्हें लिख चुका हूँ; पेट मलकर कहा था—भूखों मर रहा हूँ; मुँह थपथपाकर और ठेंगे हिलाकर बतलाया था—खाने को कुछ नहीं है। उतने प्रकाश में, इतनी स्पष्ट भाषा से समझाया था, पर राजा साहब ने अपमान समझा। सिपाहियों ने दूसरे अर्थ लगाए।

जासूसों ने राजा साहब को समझाया कि शक्तिपुर के बागी विश्वम्भर से मिले हैं, उन्होंने उसे बेवकूफ जानकर महाराज का उससे अपमान कराया। विश्वम्भर सरकार की नौकरी का खयाल छोड़कर बागियों से मिला है। जासूसों ने इस प्रकार अपनी रोटियों का प्रबन्ध किया।

कुछ दिनों बाद, घाव पुरने पर स्टेट की तरफ से विश्वम्भर को आज्ञा-पत्र मिला, 'अब तुम्हारी नौकरी की सरकार को आवश्यकता नहीं रही।'